少年とリング屋

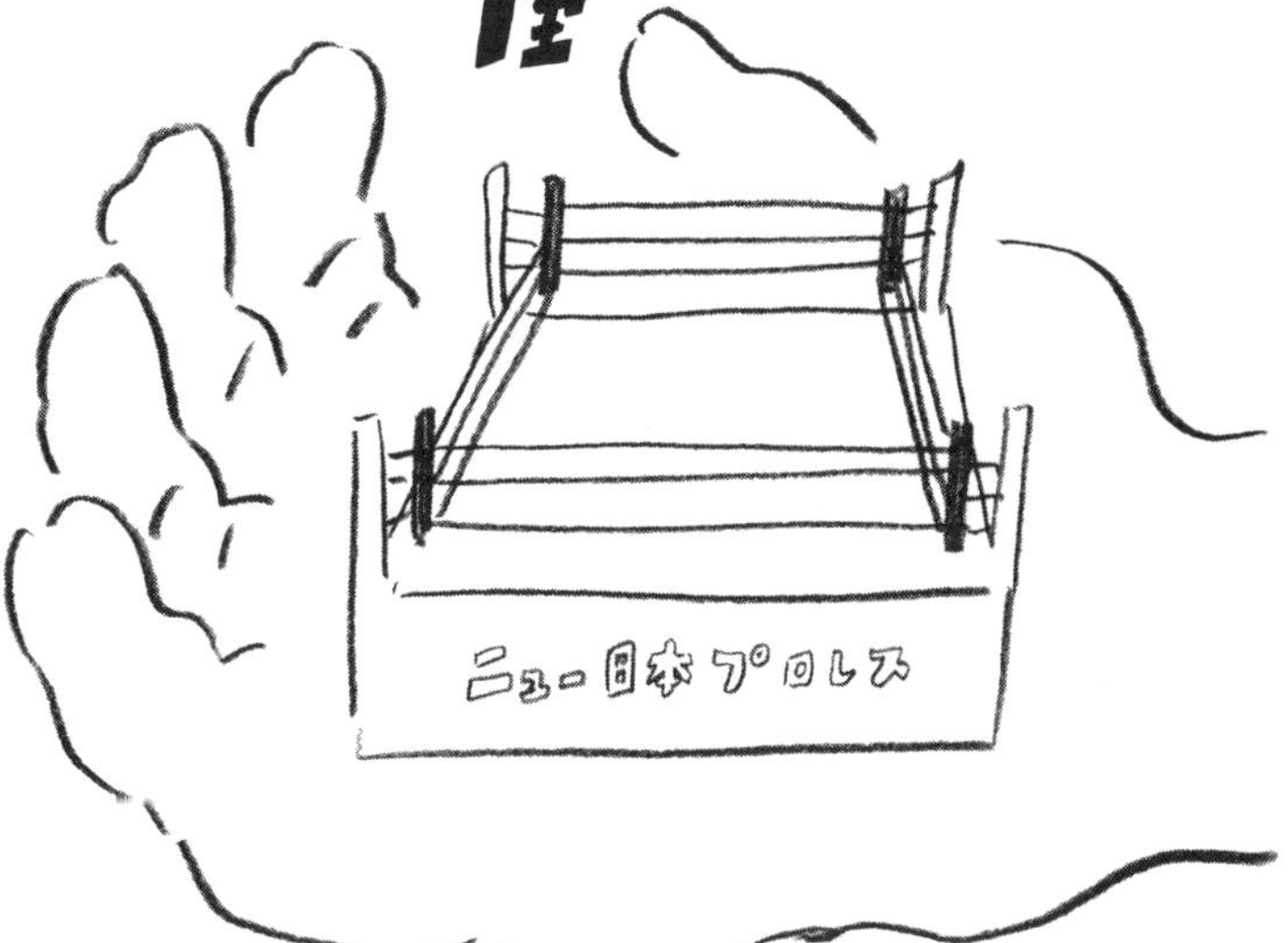

TAJIRI

イースト・プレス

装画
MASAMI
装丁
アルビレオ

目次

第一話　少年とリング屋

バラバラに解体され、暗闇に息を潜める闘いの巨神。少年の目にはそう映っていた。巨神の筋肉を構成する六十枚の細長い板と、骨となる細い鉄骨が十六本。どちらも長さは三メートル。平らに敷き詰められている。

衝撃吸収の脂肪となる十六枚のウレタンマット。手足となる赤と青に塗られた鉄の円柱が二本ずつ。輪っかにくびられた三本のワイヤー入りゴム製ロープは神経となる。折り畳んで丸められたキャンバスは皮膚の塊……つい先ほどまで観客の前で煌々とライトを浴びていたプロレスのリングが解体され、体育館裏に横付けされたトラックのコンテナでひっそりと、夜の外灯に照らされ横たわっている。リングの上は巨神の手のひら。そこで闘いを繰り広げるのがプロレスラー……それが少年のイメージだった。

歩幅が均等ではない足音が近づいてくる。少年の意識は現実に引き戻された。いましかなかった。少年は、コンテナの中にしのび込んだ。巨神の懐へ飛び乗る無礼は、心の中で十字を切ることで勘弁してもらえるだろうか。

少年は体育座りの姿勢で両足を抱え横になり、中学三年生にしては小柄な体を小さく丸める。ちょうど同じくらいの大きさの、丸まったキャンバスの陰にうまく隠れることができた。今夜もたっぷり浸み込んだ、プロレスラーたちの血と汗の匂いが漂ってくる。コンテナの外、すぐそこに誰かがいる。乗り込んではこないだろうか。心臓の鼓動が伝わりはしないだろうか。両開きのコンテナの扉が片方ずつ閉められた。気付かれなかった。うまくいった！

一瞬ちらりと見えた扉を閉める誰かの姿。それが誰なのか、プロレスマニアの少年にはすぐにわかった。リングを設営し解体するリング屋。リングの設営・解体作業を手掛ける人は、マニアなら知っている業界用語で『リング屋』と呼ばれている。少年はいつも会場を追い出されるまで解体現場を眺めているので、そのリング屋を一方的に見知っていた。剃り上げた頭。垂れ下がった瞼。血走った白眼に浮かぶ鶏のような黒眼。天を向いた鼻。分厚い唇から飛び出す二本の前歯。情け容赦のない言い方をすれば、要するに酷い顔だ。さらには錆びたドラム缶のようなズン胴の体型はプロレスラーと比べても遜色ないほど屈強だが、なぜかいつも片方の足を引きずっている。そして少年は知っていた。一部のマニアたちは、そのリング屋を「バケモノ」と呼んでいることを。しかし愛するプロレスに携わる人を「バケモノ」などと呼びたくはない少年は、勝手におっちゃんと名付けている。以前テレビの昭和アニメ特集で見たボクシング漫画で、黒い眼帯をかけ腹巻をつけた「おっちゃん」と呼ばれるキャラクターに見た目も雰囲気もよく似ているからだ。おっちゃんはいつも会場でしゃがれた声を張り上げ、解体作業を仕切っていた。

閉じられたコンテナの中。上下も左右も存在しない真っ暗闇。無の音が聞こえる。自分の形も大きさも存在しなくなったようで不安に襲われたが、何か固いものに頭をぶつけると自分を認識して安心できた。スマホがあればライトで照らせるのに「プロレスの動画ばかり見てもっと勉強しなくなる」と、母に買ってもらえなかった先日の記憶が甦った。確かにスマホを買ってもらったらプロレス動画はたくさん見たかもしれない。しかしこうしてそれ以外の用途で必要な場合だってありえるのだ。いつも深い部分を知ろうともせず頭ごなしに否定ばかりする。何一つわかっちゃいない。わかろうともしない。心の中で母をなじった。

コンテナの外から誰かの会話が聞こえてくる。しゃがれた声とかん高いハキハキした声。その二人が誰なのか、少年にはすぐにわかった。おっちゃんと、いつも売店で声を張り上げグッズを売っている若いスタッフに違いなかった。プロレスマニアの情報収集・処理能力。正解かどうかはわからなくともマニアごころが満足する。

「今日途中で泊まるんすか？」

「いや、明日が楽だからハネるよ」

「ヤマいかないでくださいよ」

「ヤマいかないで」というのは、やはりマニアなら知っているプロレス業界用語で「怪我しないで」とか「不運に見舞われないで」という意味だ。なのでここでは「事故を起こさないでくださいね」と気遣いの言葉をかけたことになる。明日の試合開催地は大阪だ。ここ八王子富士森体育館からだとゆっくり走っても八時間ほどで到着するはず。何年か前の夏、家族と車で関西旅行にいったときがそれくらいだった。そういえば昔は家族でよく出かけたのに、いつのころからだろう。そういうこともまったくなくなったのは……暗闇が揺れる。運転席におっちゃんが乗り込んだに違いない。叩きつけるようにドアを閉じる音がした。エンジンがかかる。トラックは走り出した。

しばらくして高揚した気持ちが落ち着いてくると、少年は腹が減っていることに気がついた。しかし八時間くらい我慢できるだろう。それより途中で荷崩れしないかという心配があったが、見えないキャンバスのザラザラした肌触りに身をまかせると愛するプロレスの匂いに心安らぎ、空腹を忘れ眠気がきた。こうしてプロレスだけに触れて生きていたい。ずっと「こっち」に居続けたい。家も学校も「あっち」はいやなことだらけだ。この時間が永遠に続けばいい……いつしか眠りに落ちていた。

暗闇でトイレを探す夢を見ていた。目を開ける。夢と同じ暗闇。しかし、激しい尿意はリアルだった。あれから何時間経ったのだろう。暗闇の中で、時間の感覚も完全に失っていた。下っ腹が破裂しそう。しかし、神聖なるリングが積まれた空間で小便などするわけにはいかない。外に出るしかなかった。

コンテナの壁を叩いて、中にいることを知らせよう。下腹部を刺激しないようゆっくり立ち上がろうとしたが、上下左右のない暗闇ではバランスをとる基準がないことを初めて知った。立てない。むやみやたらに手を伸ばすと、どうにか壁に触れることができた。そこを基準に座った姿勢のままゆっくりと体を近づけていく。思い切り壁を叩いた。しかし反応はない。さらに何度も叩き続けると、トラックはいきなり減速した。少年の体が斜めに大きく揺れる。脇道に入ったのだろう。

エンジンだけが振動している。暗闇が半面ずつ開かれた。久しぶりの外界の空気が流れ込んでくる。夜の外灯の明るさたるや。おっちゃんの四角いシルエット。いったん怒られるであろうことは覚悟していた。

「すみません！　トイレ……トイレいかせてください！」

「誰だオメエ⁉」


深夜に煌々と灯りが灯っていることも、そんな時間に普通に活動している人々の姿があることも、さらにはそんな時間に目の前にカツカレーがあることも。すべてが少年の日常にはありえない、非日常の光景だった。パーキングエリアの時計は午前三時前を指している。少年の正面に座っているおっちゃんを見て誰もが驚いた顔を見せるのは、バケモノと呼ばれる酷い顔によるものなのか。あるいはTシャツから飛び出した消火器のように太い腕によるものなのか。どちらにしろ振り返り見ては、甲羅を背負ったような分厚い背中に書かれた「ニュー日本プロレス」の文字に納得した表情を浮かべている。そんなおっちゃんと二人きりでいる非日常もこっちにいるようで誇らしかった。

カツカレーをたいらげた少年がお茶を飲み干しゲップをすると、おっちゃんはゆっくりと口を開いた。

「満足したか？」

「ごちそうさまでした！」

「で、キミはなんでこんな無茶なことをしたんだ？」

尋問する刑事のような口調だった。近づいてきたおっちゃんの顔に一瞬たじろぐ。少年はおっちゃんに、昨日の夕方に自宅で起きた出来事を語り始めた。


昨日の夕方。少年は母親に内緒でプロレスを観に行こうとしていた。

「ちょっと翔悟どこ行くの、明日からテストでしょ」

こっそり出かけるつもりだったが、玄関先でバレてしまった。翔悟の住む八王子にプロレスがやって来ることは数年に一度だけ。手には近所のスポーツ店で買った前売りチケットを握っていた。座席表を見せてもらいながらプロレス好きな店主と話をする。それは小学校低学年からプロレスを見続けている翔悟にとって、数年に一度だけの八王子での興行特有の楽しみでもあった。

「めったにこないって、しょっちゅう東京まで観に行ってるでしょ！」

なけなしの小遣いをはたき、二か月に一度は中央線に乗り水道橋の後楽園ホールへ繰り出してもいた。そういうときは当日券を買うか、事前にコンビニで購入していた。少しだけ味気なさを感じながら。それでもどこの会場であろうとも、プロレスを観に行くことには喜びしかなかった。

「内申ぎりぎりなんだからちゃんと勉強しなさい!」

勉強も運動も苦手だし、クラスの誰からもなんとも思われていない翔悟の唯一の人生の拠り所。それがプロレスだった。翔悟はプロレスがないと生きていけないし、プロレスがないと死んでしまうと本気で信じていた。プロレスこそが、人生のすべてだった。

「なんで友達と遊ばないであんなもんに夢中になってんの!」

プロレスに興味がない者と友達になんかなれるはずがなかった。それにクラスの同級生たちが「みんなが興味のない」プロレスを好きな翔悟を、ヘンなやつ扱いしていることはわかっている。しかし翔悟は、そこまで夢中なものもなさそうなのに毎日を平然と生きていける彼らの方がよっぽどヘンだと感じていた。

「うるさいなあ、帰ったらするよ!」

「いますぐしなさい!」

「離してよ!」

引きとめようとする母の手を振り払うと、翔悟の腕は勢いあまってステンドグラスの置物に当たった。母が通信講座の習作として提出し、これまでで最も評価が高かったと喜んでいた自慢の作品。落下して七色に砕け散る。母も砕けた。

「何やってんの！」

頬に張り手が飛んできた。たいして痛くはなかったが、中三にもなって母にひっぱたかれている。その状況が情けなく、みるみる顔が赤くなった。足元には砕け散ったステンドグラス。壊されて怒っている母も、壊してしまった自分もみじめだった。

「ちょっと、いっちゃだめよ！　本当に高校いけなくなるでしょ！」

どちらかというと、その場のみじめさから逃げ出した。背後から追ってくる母の声が、あっという間に遠のいた。

翔悟の話を黙って聞いていたおっちゃんは「……それでガキのくせに現実逃避しちまったってわけか」と静かにつぶやきポケットをまさぐると、何枚かの小銭を取り出した。

「とにかく電話しに行くぞ」

「どこにですか？」

「お前のお袋さんにだよ」

それはわかっていた。

「公衆電話でかけるんですか？」

「そうだよ」

「おっちゃん……スマホ持ってないんですね」

「ああ、なくても不自由しねえし逆に不自由になるからな、あんなもん」

持っていない理由がどうであれ、自分と同じものを「持っていない」あるいは「欠けている」共通項で、それまで以上に仲間意識を抱いた。そういえばまだおっちゃんの名前を知らなかった。

「あと、おっちゃんじゃねえ、権田だ、権田大作！」

あまりにも見た目そのまんまな名前に「それ、リングネームじゃないですよね？」と、つい尋ねてしまいそうになる。さらに、リング屋の名前を知ったことにより込み上げてくるプロレスマニアの優越感。しかしこんな時間のいまさらな電話に、母がどれほど怒るかを想像するとすぐに気が重くなった。

「いくら持ってんだ？」

「はい？」

権田はじれったそうに顔をしかめた。

「財布にいくら入ってんだよ？」

「一二〇〇円くらいです」

帰らせようとしているのだろうか。

「明日は大事な試験なんだろ？　ちゃんと受けなきゃダメじゃねぇか！」

「えっ、そうなんですか？」

「あん!?」

翔悟にとって、それはあっちの世界の言葉だった。

「もう少しで名古屋だから駅で降りろ。始発の新幹線で帰れ。切符は買ってやる。なんとか試験に間に合うだろ」

矢継ぎ早な権田のあっちな言葉に、翔悟のこっちは崩壊しそうだった。

「権田さん、そういうのじゃないと思うんです！」

「ワケわかんねえこと言ってねえで、さあ行くぞ！」

苛立ちを隠さず権田が立ち上がった瞬間、翔悟の視界に信じたくないものが映り込んできた。一瞬で、全身の血液が足先から抜け去っていく感覚に襲われる。短めの金髪、坊主頭にサングラス、襟元からタトゥーが首まで伸びている者……五人いた。そんな集団が薄笑いを浮かべ、数メートル離れた席から二人を見ていた。そして、いろいろな意味でそれだけは絶対に勘弁してほしい一言が聞こえてきた。

「プロレスってインチキなんだろ」

翔悟は生まれて初めて、全身に悪寒が走るという陳腐な表現が現実に起こり得ることを知った。一生関わりたくない五つの顔はダメ押しとばかりに「しっかし酷え顔だな！」と権田を罵ると、情け容赦なくヒャヒャヒャヒャ！　といやらしい声を上げる。それは翔悟にとってやはり非日常……いや、非常識……いや、非道という言葉がピタリと当てはまり、今度は全身がガクガクと震え始めた。

「……あんだぁ、てめえら？」

それでも権田は微塵の躊躇もなく、片方の足を引きずりながら集団に近づいていく。

——プロレスってインチキなんだろ

それはプロレスを愛する翔悟にとって、どこまでもついて回ってくる負のさだめのような呪いの言葉だった。

ある日の学校の教室。昼休み。翔悟は一人でプロレス雑誌を読んでいた。
「プロレスってインチキなんだろ」
振り返ると普段からあまり関わりたくない連中が、わざとらしく笑いを噛み殺し、翔悟の反応をうかがっていた。誰が言ったのかはわからなかったが、誰もが言ったのと同じだった。しかし、翔悟は言い返せなかった。怖かった。言い返して、もしもケンカが始まってコテンパンにやられてしまったら。そして、そんな無様な姿をクラスの皆に見られてしまったら……彼らは、翔悟が言い返せないことを知っていた。一学期が始まったばかりに、好きなものや将来の夢などを書いた自己紹介の掲示物が教室の後ろにまだ貼られている。

【仲川翔悟……好きなもの・プロレス】

「チビのくせにプロレスだってよ！」続けて静かに湧き上がるククク！といういやらしい声。翔悟は、無視した。そうすれば「こいつ無反応でつまんねえ」とどこかへ消えてしまい、この悪夢のような状況から逃がれられるかもしれない。無言で雑誌に目を戻すと、さっきよりも大きな声でもう一度聞こえた。

「プロレスってインチキなんだろ！」

今度は振り向かなかった。それでも背後から、侮蔑と嘲りに満ちた空気がドライアイスの煙のように音もなく全身を取り囲んでくる。それは彼らからだけではなく、その光景を好奇の目で眺める教室にいた者全員からも醸し出されていたかもしれない。翔悟はその空気をそれ以上揺さぶらないよう、誰にも聞こえない声で言い返した。心の声で。

じゃ、お前らはインチキじゃないっていうのかよ？　何でもないくせに自分は何かだと勘違いしやがって！　それこそインチキじゃないのかよ！　頼むから放っておいてくれ。お前らみたいにクダらない連中と関わる気は一生ないんだから。お願いだから近寄らないでくれ。あっちへいってくれ！　お願いだから！　お願いだから！　お願い……。


「オメエらオレに言ってんのかよ」

我に返ると、権田はすでに集団の正面に立ちはだかっていた。集団の顔から薄笑いが消える。その一帯だけ空気が止まった。パーキングエリアにいる誰もが、これなら巻き込まれることはないであろうと信じている距離を保ち遠巻きに権田たちを眺めている光景。翔悟にとって、あのときの教室と同じだった。

「テメエらなんかにビビるとでも思ったのかクソどもが！」

翔悟は、もしかすると権田はケンカに自信があるのではなく、頭のネジが一本はずれているのではないかと考えてしまった。どんなに強かろうとも、その後も因縁を引きずることになりそうなヤバい集団を相手に自分の言いたいことをあそこまで言い、平然と立ち向かうなどありえるのだろうか。いま思うとあのときの自分は、ケンカになった場合それ以降の状況を最も恐れていたような気がする。遠巻きにしている人たちの視線にメンツを気にしたのか、集団の一人が血相を変え立ち上がるとテーブルを叩き叫んだ。

「やんのかオラァー！　バケモノのインチキ野郎！」

しかし権田はまったく動じず、爬虫類が昆虫を捕獲するときのような速さと的確さで男の胸ぐらを右手で掴むと、特に力んだ様子もなく、頭上高くまで男を持ち上げた。

「インチキでこんなことできるか、おい？」

「ぐっ……ひっ……！」

血管が破裂しそうなほど真っ赤な顔になった男の足が、バタバタと宙をもがく。集団は全員がバカのように口を開け、その光景を眺めるしかなかった。どこからか女性の悲鳴が聞こえた。権田が男を突き放すと集団のテーブルに背中から落下し、置かれていたコーヒーの缶が飛び散った。

「プロレスをナメるんじゃねーぞ、おらあ!」

権田はさらにテーブルを蹴り上げる。

「俺はなあ! とっくの昔に死んでんだよ!」

集団全員に飛びかかろうとする。飛び散った缶と同じ数の男たちは一斉に逃げ出した。


――とっくの昔に死んでんだよ!


いったいどういうことだろう。過去に何があったのだろう。翔悟がその言葉の意味を考えるいとまもなく、今度は権田の弱々しい声が聞こえた。

「やべえ、逃げるぞ!」

こんなに強いのに、いったい何から逃げる必要があるのだろう。翔悟にとって意外すぎる言葉だった。ふと見ると、腰を抜かしたのかテーブルに手をつき尻を向けたおばさんが、誰かとスマホで話している。

「す、すぐきてください! ひ……人殺しがいるの! ぎゃあああ!」

振り向くと権田と目が合い悲鳴を上げ、さらには大きく放屁した。

「警察沙汰になったら会社に迷惑かかっちまう！　トラックに戻れ！」

片方の足を引きずっても、権田は走るのが速かった。結局、翔悟は母に電話をかけずに済んだ。


名古屋駅前。カラスの鳴き声が乱反射するビル群の背後から、黒い空をこじ開け広がってくる朝の光に星が吸い込まれている。権田はトラックを停めると「ほら、行くぞ」と、翔悟の背中にブ厚い手を回した。

「いやです、帰りたくないです！」

帰りたくなかった、あっちには。このままずっといたかった、こっちに。

「だめだ、帰れ。高校いけなくなっちまうぞ」

「……」

そのとき翔悟は胸の奥で、いまこそ自分の切り札を出すべきときではないかと考え始めていた。ある、切り札を。

権田が駅員をつかまえ新幹線の時間を尋ねると、始発に乗っても新横浜に着くのは八時前。さらに新横浜から翔悟の住む八王子までは約一時間。しかも家に戻って制服に着替えたら九時開始のテストには確実に間に合わないことがわかった。

「帰らなくても大丈夫です、僕も大阪連れてってください！」

「そんなわけいくか！　それにそのあとどうすんだよ？」

「権田さん……」

「あ？」

翔悟は、いまなのだと悟った。いまこそ切り札を用いるときなのだと。十五歳の翔悟の切り札。十五歳にして、それを持っている自分は特別なのだ。持っていない連中はクダらない。友達になんかなれるはずがない。しかし、翔悟がそんな切り札を持っていることは誰も知らない。家族ですらも。さらに、世間はいつも言っている。その切り札の有無こそが、人間にとっていちばん大切なのだと。だから、権田にも絶対に響くはずだと思えた。少なくとも、そんな切り札を持っている十五歳の自分をむげにすることはできないはずだと。翔悟は、ついに切り札を口にした。

「権田さん、僕の夢を聞いてください！　僕、高校いかないでプロレスラーになりたいんです！」

翔悟の周りの、すべてのものが静止した。さあ、これで始まるはずだ。自分を主人公とした物語が。しかし……

「そんなチビでなれるわけねえだろ」

静止した世界に、白い砂がさらさらと降ってきた。

「それにお前のその体、ちっとも鍛えてなんかいねえじゃねえか」

白い砂はどんどん増え、翔悟の周りをみるみる取り囲んでくる。

「お前のそれは夢じゃねえ、ただの憧れだ」

土砂のように降り注ぐ白い砂に、翔悟の世界は白い無となった。翔悟は白い無の中で、自分自身も無になり始めていた。

白い無をこじ開け、権田の顔が侵入してくる。

「あ、いや……もしかしたら高校いって背え伸びるかもしれねえだろ？　それからガンガン鍛えりゃいい！　だから高校いけ、な！」

降り注ぐ白い砂はだんだんと減っていった。しかし、翔悟は無になっていた。もう、何もない。

「……いける高校なんてないですよ」

無意識に答えていた。

「あきらめんな！」

「無理ですよ、僕なんか……」

今度は自分の意思で発した言葉だった。あきらめるしかない。もう何もないのだから。すると権田が右手を振りかざし上半身をゆっくりと後方へ捻じり始めている。何をしているのだろうか。黙って見ていると捻じった上半身が同じ軌道で勢いよく旋回し、翔悟は張り倒されていた。

「バカ野郎！」

駅の天井が見える。しなった小枝で叩かれたようだった母の張り手に比べ、大木の断面で鐘突きされたような衝撃だった。通りすがる人たちが足を止め見入っているのが見なくてもわかる。大衆の面前。母に張られたときとは比較にならない恥ずかしさ。頬を押さえる。電気ストーブのように熱い。権田は翔悟を見下ろし、続けざまに何か言おうとしている。

「おい！」

大きく息を吸い込み、ワンフレーズに一気にまくしたてた。

「やる前から負けること考えるバカいるかよ！」

それはニュー日本プロレスの元エース兼社長で、現在は引退してしまったがいまでも総帥として君臨しているアントニオ沢木の名言だった。テレビ番組でタレントが物真似のネタで用いるほどに有名な言葉。どこからか「沢木！」と茶化す声が聞こえたが権田は相手にしなかったし、翔悟にとってもどうでもよかった。そんな言葉を口にして権田は

「あ……俺なんかが顔じゃねえか、わりぃわりぃ」

頭を掻いた手を差し出すと、その手は翔悟の胸元へと伸び、そのまま胸ぐらを掴まれた翔悟の体は空気の入った人形のように軽々と立たされていた。

「行くぞ」

「どこへですか？」

「トラックで学校まで行くんだよ」

「えっ！　大阪はどうするんですか？」

権田の計算では、猛烈に飛ばせば名古屋から八王子まで四時間で到着し、九時開始のテストに間に合う可能性がいまならある。そこからまたもや猛烈に飛ばせば六時間で大阪に到着できるかもしれなく、夕方六時半開始の試合になんとか間に合うとのことだった。

「間に合わなかったらどうするんですか!?」

「やる前から負けること考えるバカいるかよ！　早く乗れ、行くぞ！」

権田はアクセルを思い切り踏み込んだ。

さっきまでとは逆方向の高速道路。まだ完全には明けきっていない空の中へ弾丸のように突っ込んでいく。警察に捕まったら一巻の終わり。この人は、どうしてこんなことをしてくれるのだろう。本当はさぞ迷惑で怒っているのではないだろうか。

「権田さん……」

ハンドルを握り締める横顔が、正面を睨みつけている。

「集中してるから黙って寝とけ！」

怒っているわけではなかった。しかし何度か眠りに落ちそうになっても、そのつど微妙なカーブにすら体が浮くような感覚に襲われハッと目を覚ましてしまう。

「寝れねえなら、適当でいいから俺の話を聞け」

翔悟はもう一度権田の横顔を見る。もう怖い顔ではなかった。

「俺もよ、プロレスラーになりたかったんだ。リング屋じゃなく、リングで闘うプロレスラーによ」

いつの間にか、空から濃紺が消えていた。

「だけどいろいろあってな……やりたくてもやれなかったヤツだって世の中にはいるん

だ」

　とっくの昔に死んでんだよ！　という言葉が翔悟の脳裏に甦った。

「お前はまだ何度でも夢を持てるんだ、だから……あきらめんな！」

　夜はすっかり明けきった。今日という一日の新しい青い空が広がっている……いつの間にか、翔悟は眠りに落ちていた。


　激しく揺さぶられた。開いた視界に見覚えのある光景がぼんやりと広がっている。

「起きろ！　こっからどうやっていくんだよ⁉」

　権田の顔が目の前にあった。そうか地元の八王子だ、と一瞬ですべてを思い出した。

「あ、はい、えと、うちはこのまま真っすぐいって……」

「うちじゃねえ、学校だ！　九時まであと五分しかねえぞ！」

「え？　だけど制服に着替えないと」

「そんなんいるか！　どっちだ⁉」

　急加速と急停止を小刻みに繰り返し、トラックが中学校の正面に横付けしたときにはテスト開始の九時まであと二分だった。校舎の窓から生徒たちが顔を出している。そこには関わりたくない連中の顔もあった。コンテナに描かれた『ニュー日本プロレス』の白い文字とアントニオ沢木の大きなイラスト。生徒たちのざわめきが聞こえてくる。翔悟がトラックから降りてくると「オオオー！」と驚愕の声のうねりが起きた。それは翔悟がプロレス会場で頻繁に耳にしてきた観客の興奮の声のうねりと同質のものだった。そして……翔悟は初めての感覚をおぼえていた。いま初めて、侮蔑でも嘲りでもなく、そうではないことで他人から注目されている。それによって自分が何者かになったような感覚……もしかするとプロレスラーは、この感覚を満たしたいがためにリングへ上がっていくのではないだろうか……。

「早く！　早く行け！」

振り向くと、権田が運転席からさかんに叫んでいる。

「ありがとうございました！　権田さんも早く大阪へ！」

「おう！　あ……ちょっと待て」

権田は運転席のドアポケットから何か赤いものを引っ張り出すと、トラックの前を周り翔悟のもとへ駆け寄ってきた。くしゃくしゃの赤い塊を両手で広げる。タオルだった。白い大きな文字で『闘魂』とプリントされている。

「沢木会長のタオルだ、お前にやる！　首にかけて頑張れや！」

受け取った翔悟は早速タオルを首にかけ両手でその端を握り「やる前から負けること

考えるバカいるかよ！」と、顎を突き出し沢木の真似をしてみせた。

「その意気だ、闘ってこい！」

「いってきます！　権田さん、ありがとう！」

走り出す、いま初めて自ら闘いに挑む翔悟。拳を天に突き上げ「ダアー！」と叫んだ。権田もトラックに乗り込み拳を天に突き上げ「ダアー！」と叫ぶと、力の限りアクセルを踏み込んだ。

テスト開始を告げるチャイムの音が鳴り響く。しかしそのとき翔悟はまだ、校舎に辿りついていなかった。

第二話　醜い顔

二年後に東京オリンピックを控え、都の人口が一〇〇〇万人を突破したころ。ある田舎町の高校に通う権田一夫にとって、東京は憧れの花の都だった。色白の細身。趣味は読書と映画鑑賞。読み書きが特に優秀で、知的な雰囲気はどこか『人間失格』の葉蔵を思わせる魅惑的なあやうさ。男女を問わず誰からも気にされる特殊な存在。卒業後は念願の東京で就職することが決まっていたので、卒業式では何人もの女子生徒から涙ながらに惜別の想いを打ち明けられた。一夫の前途には、洋々たる未来が拓けているはずだった。

卒業式の翌日には夜行列車に乗り、早くも田舎町をあとにした。いてもたってもいられなかった。翌朝。初めての東京駅に降り立つと就職先である神田の出版社には直行せず、右も左もわからない都会でバスに乗り、まずは憧れの象徴だった東京タワーを見に行った。その後浅草で流行の髪型に散髪し、さらにお好み焼きを腹いっぱいたいらげたのち、何食わぬ顔で神田へ向かった。そんな冒険心と茶目っ気があった。

一夫に与えられた仕事は広告営業だった。真面目に働いたので、会社の先輩や営業先でもかわいがられた。そして東京でも相変わらずモテたので、それなりに恋愛もした。給料をもらうと両親に仕送りし、残った金で本を買い、映画を観た。夢のような東京生活。しかし二年間働いただけで出版社は辞めてしまう。それから東京で何をしていたのかは、終生多くを語ろうとはしなかった。

五年後。突然、故郷に帰ってきた。二十二歳になっていた。一夫の帰郷の理由について小さな田舎町はしばらく噂話でもちきりだったが、ひと月もするとそれも落ち着いた。

一夫が人生の再スタートを切ったのは、東京に住んでいる間に町に進出していた大手自動車会社の部品工場だった。流れ作業。小さな町にそれ以外の仕事はほとんどなく、多くの元同級生がそこで働いていた。五年ぶりに再会する彼らは、そして工場で働く誰もが、ただ同じ毎日を黙々と繰り返し生きていた。

『人生の流れ作業』

誰に向けたものなのか、そんな言葉がいつも頭の片隅に浮かんでくる。ある日。仕事にも慣れたころ。一夫は同僚の元同級生に「すっかり普通になったよな」と、あっさり言い放たれてしまう。「漂白されたよ、東京で」苦笑いを浮かべ、無意識にそう答えていた。一夫は夢敗れ帰郷したのだと、誰の目にもそう映った。一夫は田舎町で彼らと同じく、人生の流れ作業の日々を生き続けた。

しかしある日。同僚たちと飲みにいった席で泥酔し、皆の前でこんな言葉を口走った。

「こんな田舎に埋もれてたまるか……必ずもう一度東京に行くんだ……東京に……」

そのまま酔い潰れ、東京の夢を見ていた。どれくらい寝ていたのだろう。目を覚ますと見覚えのない場所にいた。

豆球を灯した電気が天井を朱色に染めている。肌寒い。布団の上だったが掛け布団はかかっておらず、体に触れると全裸だった。どこからか男女のまぐわいの声が聞こえてくる。顔を向けるとすぐ横に見える壁の向こうからだった。そして反対側のすぐそこに、体温の塊を感じた。誰かがいる！　恐る恐る、ゆっくりと顔を向けた。

朱色の薄灯りに横たわる大きな剥き出しの背中。黒髪でおかっぱの巨大な頭。一夫は「あっ！」と叫んでしまった。すると魂が入ったかのように、大きな背中がビクン！と動いた。

「ううーん……」

巨大な黒いおかっぱが揺れ、大きな背中がゆっくりとこちらへ向き直ろうとしている。隠れた下半身に巻きつけた掛け布団のカバーがガサガサと音を立てる。それが誰だか、一夫にはすでにわかっていたが信じたくなかった。大きな背中が完全に向き直った。

肉質の巨石のような顔面。垂れ下がった瞼の下で、朱色の薄灯りに染まった白眼が爛々と見開き、中央のポッカリとした鶏のような黒眼が一夫の顔を直視してくる。乱雑に切った二枚の厚切り肉のような唇から剥き出たザクロのような歯茎。そこから飛び出す法則性無視に突き出た前歯。二つ並んだトンネルのような鼻孔から噴き出た酒臭い空気が一夫の顔に触れた。

「一夫くん……酔い覚めた？」

「ううっ！」

元同級生で、同僚の八重子だった。飲み屋の席の端にいたことは記憶にあったが、一言も言葉を交わしてはいなかった。卒業式の日に惜別の想いを打ち明けてきた女子生徒の一人。そのときは、二人きりで話しているのを誰かに見られることすら恥ずかしかった。そんな存在。八重子は掛け布団を足蹴にすると全裸で一夫に抱き着き、強引に唇を重ねてきた。

「うぷっ……！」

意思を持った分厚い生の牛タンが口腔内でうごめきまくる感覚。逃れようともがいたが、八重子の大きな体はビクとも動かない。魂までをも吸い尽くされたように、一夫の全身から力が抜け切った。か細い樹木にしがみつく甲虫が、樹液を啜り尽くすような状態がしばらく続いた。

吸引カップを無理やり引き離すときの音が響き、八重子の大きな体は一夫の横へ転がりながら落ち着いた。

「八重子さん……あのう……あのう……」

この状況で口にすべき言葉が、これまでの一夫の人生のどこを探しても見当たらない。むくりと上半身を起こした八重子は鶏のような眼でじっと見下ろしてくる。一夫は、何かを根こそぎ奪われる予感がした。八重子のザクロのような歯茎が動いた。

「あたし絶対証明してみせるから」

「な……何を？」

八重子は布団から立ち上がり「喉かわいちゃった」と、部屋の角に据えられた小さな三角形の流しへと歩いていく。

「残り物には……」

蛇口に直接口をつけ、ガブガブと水を飲む。

「福があるってこと」

「なっ……」

「頑張って二人で東京行こうね！」

東京へ行くどころか、人生のすべての道を封じ込められた絶望の一言だった。朱色の薄灯りに照らされた白い布団の真ん中に、大きな黒い染みが広がっている。それは白い灯りの下では確実に赤い染みのはずだった。

一夫にはその染みが、この世と地獄とを繋ぐ魑魅魍魎どもの出入口に感じられた。視界が砂嵐に襲われる。全身に震えがきて、歯の根がガチガチと音を立てる。滾々と湧き上がってくる悪寒。この悪夢は、あそこを伝って地獄からやってきたに違いない……なんとかしてくれ！　誰かなんとかしてくれ！　誰か……！

その日からぴったり九か月後。一夫と八重子の間に体重四三五二グラムの男の子が生まれ、大作と命名された。


新幹線ひかり号が品川駅を過ぎると、大作はＰＵＭＡのスポーツバッグを棚から降ろし、デッキで一人待機した。目的の東京駅は終点なので乗り過ごすことはないのだが、初めての東京で何もかもが不安だった。学ランに白い運動靴。肩から斜めにかけたバッグの中には運動用の着替えと、今後東京に住むことになると仮定したうえでの身の回り品がぎっしりと詰まっている。

東京駅が近づいてきて、デッキに人が集まり始めた。背後の気配に大作が振り返ると、すぐ後ろに立っていた若い女性と目が合った。

「……ひっ！」

女性は大作の顔を見ると後ずさり、足早にどこかへ去っていってしまった。

「あ、すみません……」

もうその場にいない女性に謝る大作。謝る理由なんてなかった。しかし、いつのころからかこういうことが起きるたび、謝るクセがついていた。そのつど、母を恨んだ。どうして俺は母と瓜二つに生まれてしまったのか。父に似てさえいれば……この醜い顔のせいで、誰もが俺を見て見ぬふりで素通りしていく。ドアのガラス越しに見える東京の景色も、うっすらとそこに映る大作の醜い顔を素通りしていた。

幼いころから醜い顔に抱いた劣等感は、中学に入ると大作を柔道に打ち込ませた。中学でも高校でも、田舎町の柔道部とはいえ無敵だった。しかし、大会に出たことは一度もない。自分が唯一世間から認めてもらえるかもしれない晴れの舞台。正直、出てみたかった。一度でいい。素通りされることなく、誰かに自分を直視してもらいたい。しかし人前に醜い顔を晒したくない気持ちと、もしも母が応援にきてしまったらと考えると踏み出すことはどうしてもできなかった。それでも着実に強くなっていることを自覚するたび、もしかするとこの道の先に明るい何かが待ち構えているかもしれない、と。そんな期待をぼんやりと抱いてもいた。もっと強くなれば、何かがあるのでは……と。

大作が高校三年生になった春。田舎町にプロレスがやってきた。テレビですら見たことはなかったが、その日の朝刊に優待券が挟まれていた。本日夕方六時半開始。水呑鴉駅前広場特設リング。学生料金一〇〇〇円。そんな言葉が躍る優待券には、レスラーの写真も印刷されていた。そのうちの一人のガイジンレスラーの写真に、大作の目は釘付けとなった。

【全米一の悪党！　ディック・ザ・クラッシャー襲来！】

潰れた眼と、ひしゃげた鼻。原型が想像できないほど沸いた耳。傷だらけでギザギザの額。二つに割れた顎。潰れた眼をあらん限りに見開きカメラを睨みつけ、眉間に深い皺を寄せ、世のすべてを憎悪しきったかのように剥き出した歯を噛み締めている。醜い顔だった。もしかしたら自分よりも……いや、元々は普通の顔だったのが、闘いを重ねるうち変形し醜い顔になってしまったのだろう。そんな気がした。それでもいまは間違いなくこんなに醜い顔の人間が、どんな気持ちで大勢の観客の前にその姿を晒すのだろう？　その気持ちを知りたかった。このレスラーを生で観てみれば、もしかしたら何かがわかるかもしれない。大作は柔道部の練習から帰ると一〇〇〇円札を握り締め、一人水呑鴉駅前広場へ向かった。山間の西の空が、紫色に染まり始めていた。

　いつもは吹きさらしの駅前に、青いビニールシートの幕が壁のように張りめぐらされている。その幕の中が特設会場になっていた。外から中を窺い知ることはできない。

すでにたくさんの人がやってきており、特に何をするでもなく幕の周りをうろついている。大作は、一刻も早く中に入ってみたくなった。「チケット売場」と書かれた紙がぶら下がる机の前に並び切符を買い、入口に立つ関係者のおじさんにその一部を切りとられ、特設会場へ足を踏み入れた。

敷地内の真ん中に吊るされた、おもちゃのような四角いライトの下にリングが置かれている。それを四方から取り囲む、見渡す限りの折り畳み式パイプ椅子席。すでに半分ほどの席が埋まっていた。あんなに醜い顔の人間が、こんなに多くの人の前にその姿を晒すのだ。いったいどんな気持ちで……それがわかれば、自分の中で何かが変わるかもしれない。そんな予感がしていた。大作は、後ろから二列目の端っこの椅子に腰を下ろし、そのときがくるのを待った。

醜い顔のガイジンは、その日の最後の試合に登場した。その向こうが控室となっている仕切りの幕を引きちぎるように姿を現すと、英語で何か叫びながら客席めがけて突進してくる。観客は一斉に逃げ出した。大作も逃げた。次から次に椅子を蹴り倒し、鎮めようとする若手選手たちを掴んでは投げ、倒れた椅子の中に放り捨てる。

やっとリングに向かっていくころには、大作が座っていたあたりの椅子はすべて蹴り倒され、元の状態のものは一つもなかった。もう戻ってはこなそうだ。観客は手近の椅子を手にとり適当に並べながら口々に「こえぇ！」「殺されるかと思った！」と、まだ大騒ぎしている。大作も手近の椅子を手にとった。そしてそのとき、あることに気がついた。

誰もが、笑っているのだ。怖かったはずなのに、誰もがその状況が楽しくて仕方がなかったようで、大作自身も笑っていることに気がついた。こんなに楽しいのはいつ以来だろう。醜い顔のガイジンが、人々を楽しくさせている。醜い顔でも、そんなことができるんだ！　それは大作にとって大きな驚きだった。

試合は、醜い顔のガイジンが日本人レスラーを一方的に凶器で攻め血だるまにし、三分ほどで反則負けを宣せられた。観客は一斉に不満の声を上げ始める。

「金返せバカ野郎！」

「反則しかできねーのかよ！」

観客全員の視線が、ガイジン一人に注がれている。誰もが、ガイジンだけを見ていた。醜い顔をさらに醜くさせ観客を睨みつけるガイジン。そのとき大作の前の列に座っていたアベックの女が

「ねえ、あんた英語話せるんだから『酷い顔』って言ってやってよ！」

と、男にせがんだ。男は「任せとけ」と得意気にうなずくと
「You are ugly!」

両手をメガホンのようにして叫んだ。その声にガイジンの動きはピタリと止まり、ゆっくりと声の方を振り返ると
「ガッデーム！」

リングを降りて突進してきた。観客はまたしても一斉に逃げ出す。誰もが怖がっているが、やはり楽しそうでもあった。そして興行が終わった帰りしな。大作は、家路につく観客が交わしているこんな会話を耳にした。

「最後のガイジンがいちばん面白かったな！」

「ああ、酷え顔のやつ！　バケモノみてえですごかったな！」

そのとき大作には、漠然と抱き続けてきた「もっと強くなれば何かがあるのでは」というもやもやの答えがハッキリとわかったような気がした。そういうことだったのか。たとえ醜い顔でも、強くなれば素通りされずに生きていける世界かこの世にはあったのだ。俺はもしかしたらどこかにそんな世界がありそうな予感を抱き、無意識にそれを探し続けていたのかもしれない。顔の良し悪しなんか関係ない。俺も、そんな世界で生きたい。プロレスに入りたい。プロレスラーになりたい！　なってやる！　大作の人生が

動き始めた。

家に帰り、早速両親に想いを伝えた。父は黙っていたが、母は大賛成だった。大作は、二人のそんな反応を予想していた。

「東京で大物になるっていうから結婚したのに！　これじゃあんたの道連れだよ！」

物心ついたころから、父にそんな言葉を投げかける母を何度目にしてきたことか。二人がどのようないきさつで結婚し、長い年月の間に何があったのか大作は知らない。しかし、父はかつて東京へ出たが何かに挫折し夢敗れて田舎町へ戻ってきたらしいこと。母は父の再起に懸け結婚したが、とんでもない期待はずれだったらしいこと。そんなことを、母の日常的なぼやきから察してはいた。なので母は、きっと自分に託そうとするだろうと予想していた。

「大作がプロレスラーになれますように」

早くも仏壇の前で手を合わせ、神頼みする母の後ろ姿。大作には、母が本当は自分自身のために祈っていることがわかっていた。母も、どこか違う世界に行きたいのだ。醜い顔に生まれた劣等感を成仏させてくれる世界へ。父では無理だったのだ。息子の自分がそれを果たしてくれることに期待しているのだ。

手前にいるはずの父が、向こうにいる母の後ろ姿よりも小さく見える。賛成なのか反対なのか、考えを口にすることは決してないだろう、いつものように。父は下を向いて黙ったまま、工場で酷使している油で荒れた指先を無表情にさすっていた。

その後。大作はプロレスにはまっていった。当初は醜い顔でも受け入れてくれる世界だからという意味合いが強かったが、それを上回るプロレスの魅力の虜になっていった。毎週のテレビ中継は欠かさず見たし、プロレス雑誌も読み漁った。ディック・ザ・クラッシャーは生まれながらに醜い顔というコンプレックスから、世の中に復讐するため悪役レスラーになったという記事には「俺と同じだったんだ！」と勝手に仲間意識を持つと同時に勇気をもらった。この醜い顔でも堂々と生きていけるプロレスの世界に入りたい。母の想いを成仏させるためでも、東京で挫折した父のためでもない。親が死んだあとでも、この醜い顔で生きていかなくてはならない自分のために……。

高校の卒業式を終えた三日後のこの日。ニュー日本プロレス入門テストを受験するため、大作は上京した。東京駅から、道場のある錦糸町までは電車で簡単に行くことができた。しかし駅前に降り立つと、ごちゃごちゃした看板や行き交う車と人の多さ、田舎町とはまったく異なる東京の街並みに唖然とした。何人かに行き方を尋ねようとしたが、怪訝な顔をされ、ことごとく素通りされた。腕時計を見ると集合時間の午後二時は、あと三十分と迫っていた。

当てずっぽうにしばらく歩き、ひとけの少ない通りにきていた。ふと見ると、緩やかなカーブになった道を渡った向こう側のブロック塀に、鉄板にペンキで描かれた町内地図が掲示されている。大作は左右を見て車がきていないことを確認すると、走って道を渡り始めた、そのときだった。完全な死角から、紫色の改造車が飛び出してきた。

「うわっ！」

すんでのところで車は停まった。リーゼントの男が運転席の窓を開け叫んでくる。

「バカ野郎！　どこ見てんだ！」

「す、すみません！」

「……ん？」

大作の顔を見ると、黙って車を走らせていった。プロレスを好きになって以降、醜い顔のおかげでめんどくさいことにならずに済むたび大作は「得した」と前向きに考えるようになっていた。胸をなでおろし、大きなため息をつく。

地図を確認して歩いてみたが、道場は見つからなかった。集合時間が迫ってきている。冷や汗をかきつつ同じ場所をぐるぐる回っていると、スポーツバッグを手に提げた若い男が足早に通りかかった。逆三角形。シャツから飛び出した陰影のある太い腕といい確実に何か運動をしている体だった。同じ受験者だと思いあとをつけていくと、やはりそうだった。『ニュー日本プロレス道場』と看板の掛かったプレハブの建物。雑誌の写真で見たものとまったく同じだった。

男は、道場の半面すりガラスの扉の前で息を整えている。大作は少し離れた位置で、あとに続くべきかどうか迷った。と、男はふいに大作の方を見る。目が合った。キザな顔立ちだが、映画俳優のようにハンサムだった。とまどった大作は「……どうも」と反射的に頭を下げる。すると男は露骨に不快な顔に変わり「……チッ！」と舌を打ち鳴らした。大作を無視し、ノックした扉を開く。

「失礼します！　本日の入門テストを受けにきました佐々原和彦と申します、よろしくお願いいたします！」

礼儀正しく大きな声で挨拶すると、深く一礼した。道場の中から「オース！」と迎え入れる声が返ってくる。そのまま道場に足を踏み入れると扉を閉めてしまった。

イヤな野郎だ！　と思いながらも、大作に大きなプレッシャーがかかった。この挨拶からすでにテストが始まっているのだろう。しかも、ハンサムのあとに醜い顔の自分が入っていくのだ。それでも覚悟を決め扉の前に立ち、これ以上はない大きな声で叫んだ。

「し、失礼します！　入門テストのゴン……ゴン……ゴン田作です！　よろしくお願いします！」

反応がない。緊張しすぎて、ノックも扉を開けることも忘れていた。

扉の向こうから男たちの笑い声に混じり「毎年こういうアホウが必ずいる！」と、聞き覚えのある声が聞こえた。すりガラス越しに声の主が近づいてくる。扉が開くと、屈強な丸坊主の男が立っていた。テレビのプロレス中継で解説をしている元レスラーで、現在はコーチとしても知られる山本鉄男だった。その向こうには何人かのレスラーの姿も見えた。

「し、失礼しました！　入門テストの権田大作です、よろしくお願いします！」

あらためて挨拶すると、騒がしかった道場が静寂に包まれた。全員の視線が大作の顔に注がれている。山本も大作の顔を、無遠慮に凝視してきた。

「お前も受験者か」

大作は、自分が悪いことを仕出かしているような気持ちになった。

「は……はい！」

醜い顔のせいで受験させてもらえないのだろうか。

「しっかし酷い顔だな！」

道場が笑いの渦に包まれた。言った山本も大笑いしている。これまで大作の人生で、面と向かって顔のことに触れた者は一人としていなかった。しかし、この人は正直に醜いと言ってくれた。ウソをつかなかった。大好きなプロレスは自分をのけ者にしない！やっぱりプロレスこそは自分の居場所なんだ！　絶対に入門してやるぞ！　闘志が湧いた。

「早く入ってあっちで着替えろ」

「はい！」

道場内を見渡すと、リング、バーベル、見たこともない鍛錬器具などがあふれている。片隅に十人ほどの受験者が集まり、運動着に着替え始めていた。奇異なものを見る目で大作をチラチラと観察してくる者もいる。これまでの大作なら謝ってしまうところだが、「こいつら全員ぶっ倒してやる！」いまは、そんな闘志の塊だった。そんななか、佐々原だけは情け容赦なく、汚物を見るような目で大作の顔を凝視してきた。「こいつにだけは絶対に負けねえ！」大作の闘志にさらなる火がついた。

受験者が一列に並ぶ。身長一七三㎝の大作が、いちばん背が低いようだった。ヒンズースクワット五〇〇回、腕立て伏せ三〇〇回、腹筋二〇〇〇回。この時点で、まともについてこられている者は大作と佐々原の二人だけだった。

「二人だけ残れ。あとの連中はもう帰れ！」

試験官の山本が「こんな体力で……プロレスもナメられたもんだな」と、肩に担いだ竹刀を小刻みに揺すっている。「どうだ！　ほとんどの連中を出し抜いてやったぞ！あとは……あいつだけだ！」大作は心の中で叫んだ。


十分間だけ与えられた休憩時間が終わると、最後の種目が待っていた。

「二人ともリングに上がれ、スパーリングだ！　どんな手段を用いても構わない、どっちかが降参するまで闘ってみろ！」

興味本位で見物しているレスラーたちが「ハンサムとブ男の対決だぜ！」と冷やかしの声を上げる。さらに、山本は続けた。

「そして今年採用できるのは一人だけだ。このスパーに勝った方を入門させる！」

大作は気合を漲らせリングへ上がった。リング中央で対峙する二人。大作に対する汚物を見るような佐々原の眼は変わらない。しかしその眼には揺るぎない自信も含まれているような気がして、大作は若干の不気味さを感じた。背丈は、佐々原の方が十センチほど上回っているようだった。

「始め！」

山本の号令に、大作は柔道の構えで前に出た。佐々原は構えることなく両腕を下げたまま、水面を優雅に渡り歩くようにスイスイと後退し大作に距離を縮めさせない。何かの格闘技を身に着けていることは間違いなさそうだった。しかし相手が何であれ、大作としては捕まえなければ話にならない。大作の脳裏に浮かんだ技は、腕さえ掴めばすぐさま仕掛けられる払い腰だった。佐々原の左手がフェイント気味に大作の顔面に伸びてくる。いまだ！　その手を掴もうと、大作は突進した。しかしその瞬間、佐々原の左前にしていた足がモーションなく宙に浮かぶと大作の顔面右半分を直撃し、金属製の蠅叩きで水面をブッ叩いたような音を大作の右耳はモロに聞いた。一瞬で朦朧となった頭で「カラテだ！」と理解した瞬間、今度は右の前蹴りが飛んできた。深く鋭角にミゾオチに食い込む。逃げ場のない鈍痛の渦が、腹腔内で鉛の塊と化した。

「ぐっ……げっ……」

片膝をつく大作。佐々原はその顔面に回し蹴りを入れ仕留めるつもりらしく、右足を思い切り引いた。

「もっとブ男にされるぞ！」

見物するレスラーの誰かがそう叫んだ瞬間、大きく弧を描き右の回し蹴りが大作の顔面に飛んできた。しかし……直撃寸前に両手でブロックした大作は素早く立ち上がると、バランスを崩した佐々原に一気に密着し、右手で佐々原の左腕を掴み払い腰でマットに叩きつけた。揺れる金属板に二人分の体重が落下したような壮絶な音。大作はそのまま袈裟固めに移行すると、左右の腕で渾身の力を込め佐々原を絞め上げた。熱湯をかけられた片腕の蜘蛛のように、右腕と両足をバタつかせ佐々原はもがく。

「決まったあ！」

再び誰かが叫んだ、そのときだった。苦し紛れに大作の顔面に伸びた佐々原の右手。その右手の親指が鷲の爪のように曲がった次の瞬間、大作の右眼窩に侵入してきた。

「……ぎゃっ！」

袈裟固めは山本やレスラーたちに背中を向ける角度で決まっているので、そのことに気がついている者は誰もいない。佐々原の親指は微塵の躊躇もなく右眼窩へ食い込んでくる。

……殺してやる！

大作は、生まれて初めて殺意を抱いた。右眼が失明したって殺してやる！

「むぎゅうあああ……あああ……！」

どっちの体内から絞り出されたのか判別がつかない唸り声が道場に響き渡った。「そこまでだ！」慌てて二人の間に割って入る山本。一人では引き離せず、若いレスラー二人もリング内へ飛び込んできた。幽鬼のようにふらふらと立ち上がる大作。佐々原は気を失っていた。

「う、うむ！　なかなかすごいぞ！　今年の合格者は……お前だ！」

大作の胸に、頭に、全身に、全細胞に、叫び出したい想いが滾々と湧き上がってくる。その場にひざまずき、天を仰いでもろ手を上げ、言葉になっていない言葉を叫びまくった。

そして、意識を取り戻した佐々原がもぞもぞと動き始める。破裂寸前に違いなかった顔中の血管が機能を喪失したような顔色で、一度死んだ人間に無理やり魂を戻したがまだうまく嵌まり合っていないようでもあった。垂れ流しの呻き声が小さくだだ漏れしている。「来年も受けにこいよ！」と山本が声をかけると、無言でお辞儀をしたのかしていないのかよくわからないまま、幽霊の影のようにリングから降りていった。

自動販売機の取り出し口に缶が落ちたのであろう音が、間隔を置いて二度聞こえた。

「山本さん、ごっちゃんス」

「うん」

入門テストに合格し、今日から入寮するにあたっての説明を受け終えた大作が道場内で着替えていると、プレハブ造りの薄い壁の向こうから山本と、レスラーの誰かとおぼしき二人の声が聞こえてくる。

「ハンサムも入れたかったスね」

「いや、あれはだめだろう」

「どうしてスか？」

「性格が歪んでる」

大作は、無意識にうなずいていた。

「え、そうスか？」

「ま、入門してしごかれれば変わるだろうけどな」

「確かにそういうもんスよね」

次は無意識に、左右へ大きく首を振っていた。

「しかし酷い顔スよねえ！　あんなの人前に出せるんスか⁉」

次は自分の話だった。何を言われるのか不安だったが、どんなことでもしっかり受け止めようと意識を耳に集めた。

「確かに酷い顔だ！　しかしあいつにはなんと言うか……情念を感じるな。わからんけど、これまで積み重ねてきた情念というか」

「情念……スか」

大作も小さく「情念……」とつぶやいていた。

「だけど人前に出せるんスか⁉」

随分としつこく、失礼な先輩だった。しかし山本の次の一言は　大作がこれまで溜め続けてきた醜い顔への劣等感を一気に消し飛ばすに足るものだった。

「もしかするとあいつは……世紀の大悪役になれる逸材かもしれんぞ、ハハハ！」

大作にとって山本コーチは、陰で悪口を言うのではなく褒めてくれた、人生で初めての人となった。頬を伝う涙が、いつまでも止まらなかった。

「ブ男！　今日のちゃんこは肉じゃなくて団子だ、イワシ大量に買ってこい」

「はい、いってきます！」

入門から一か月が過ぎた。厳しい練習と、寮での生活にもようやく慣れた。まだ巡業には連れて行ってもらえなかったが関東での日帰りの試合には常に駆り出され、リング作りやセコンド業務も経験した。先輩たちは口こそ悪かったが、どんなときでも裏表なくまっとうに接してくれた。『ブ男』と呼ばれていることも先輩たちが自分のすべてをありのままに受け入れてくれている証しだと思え、かえって嬉しいことだった。大作は、すべてのことを前向きに捉えられる体質に変わってきていた。人生が変わってきていた。


昨日から、念願の外出許可も下りた。それまでの一か月間は、ちゃんこの買い出し以外の外出は許されていなかった。なので昨夜は外の公衆電話へ出向き、両親と長電話をした。毎日楽しく過ごしていること、この世界で必ず一番になってみせる決意などを伝えると、母は電話の向こうではしゃいでいた。

「必ずチャンピオンになるのよ！　母さんの子がプロレスラーになるって町ではもう大騒ぎなんだから！」

父は大作の話に小さな声で返事をするばかりだったが、

「自分のために頑張りなさい……」

最後に一言だけ、そう言った。


いつもは道場近くのスーパーで買い出しをするが、駅の向こうの魚屋が新鮮だと先輩に言われ、そちらへ向かった。

魚屋の隣が八百屋だったので、具材をまとめて購入した。イワシ、大根、人参、白菜、ねぎ、しいたけ、えのき、にんにく、しょうが……両手に提げた買い物かごがいっぱいになった。これから大量のイワシをさばいて団子をこさえなくてはいけない。急がなくては。大作は走って道場へ戻った。

緩やかなカーブになった道に差し掛かった。そういえば入門テストの日、ここで車に轢かれそうになったことを一瞬頭に思い浮かべたとき、大作はすでに道を横切り始めていた。急いでいたので、左右を確認せずに走った。するとあのときと同じように、完全な死角から突然車が飛び出してきた。

急ブレーキの音と、高いところから道路に突き落としたタンスが砕け散るような音が同時に響き、大量のイワシと野菜が道いっぱいにぶちまけられた。

大作はベッドの上にいた。どこだ？　ここは？　窓から陽光が射しこんでいる。白い清潔な部屋。病院だと直感した。同時に、車に轢かれる瞬間の残像が脳裏に鮮明に甦ってきて、一瞬で事態を把握した。

で……こういうときはどうしたらいいのだろう？　いや、まず自分の体は無事だったのだろうか。上半身を起こし、左右の指を動かしてみる。動いた。肩と首も回してみる。無事だった。しかしそのとき気がついた。左の足先に、妙な違和感があることに。心臓が一瞬「ドッ……クン！」と異様な動きをする。下半身にかかった布団をはぎ取った。

「……よかった」

左の脛に包帯が巻かれているが、両足とも無事だった。右の腿を引き付け、膝を曲げてみる。動いた。包帯の中が気になったので、左はゆっくりと動かしてみる。無事だった。今度は足首を動かしてみる。右。動いた。今度は左。

動かなかった。

「……えっ？」

左の足首が手前に引き付けられない。向こうには動くのだが、手前に引き付けることがどうしてもできない。どうあがいても動かせない。左右同時に動かせばそのうち動き始めるのではないかと思い、右足の甲を狂ったように動かした。と……動いた！　ように見えたのは、ベッドが揺れているからだった。

窓から陽光が射しこむ白い部屋。窓の外から「ちょっと待ってよー！」と男の子の叫ぶ楽しそうな声が遠く聞こえた。動かない左足の甲の親指の爪が、大作をじっと見つめている……死にかけの象の無念な眼……のような……。

「うわあああー‼」

大作は錯乱し、絶叫した。

窓の外で、まもなく沈みそうな陽が最後の抵抗を試みている。

「医者が言うには腓骨神経が切れてるそうだ。もうこっちには一生動かんらしい」

大作の真っ白な脳内で、枕元の椅子に腰かけた山本の言葉が黒い文字となりグニャグニャにうごめいている。

「プロレスはあきらめるんだ」

その言葉だけはグニャグニャになることなく、真っ白な脳内に筆で書いたように鮮明に残った。葬儀の色合い。

「権田……」

「……はい」

「お前、リング屋にならんか？」

陽が、沈んだ。


すでにほとんどの電気が落とされ薄暗い病院のロビー。公衆電話。松葉杖をついた大作の姿が、向こうのガラス戸の出入口に遠く小さく映っている。大作は実家へ電話し、起きてしまったことをありのままに話した。

「え！　じゃプロレスラーになれないの？　どうなっちゃうの？　裏方のリング屋？　なんなのそれ？　どうなっちゃうの⁉」

母は大いに取り乱した。

どうなっちゃうの……俺の将来のことだろうか。もしかすると母さんの夢？　あるいはすでに大騒ぎだという周囲へのメンツ？　面会に来ていたのであろう母に手を引かれる女の子と、パジャマを着た父らしき親子三人が談笑しながらガラス戸の外に歩いていく姿が見えて、大作は話をする気力が急速に失せた。そのとき。

「貸しなさい」

電話の向こうで小さく聞こえたのは、父の声だった。母に代わって話をしようとしている。そんな父は大作の記憶にある限り初めてだった。

「大作」

こんなにハッキリと名前を呼ばれたのも、物心ついてから初めてのような気がした。

「ありがたくリング屋さんをやらせていただきなさい」

自分の意見を口にする父に、さらに驚いた。背後で「バカ！　あの子はプロレスラーになるのよ！」とヒステリックに叫ぶ母の声が聞こえる。父は淡々と続けた。

「夢をあきらめないといけない大作の悔しさ、父さんにはよくわかるよ。だけど、よく聞きなさい」

なんの話を始めるのだろう。大作は受話器をグッと耳に押し当てた。母も声を立てなくなった。

「実は父さんは若いころ、東京で役者になろうとしたんだ。映画が好きだったから。それで養成所に通ったけど才能がなかった。あきらめるしかなかった」

出版社を辞めたあとのことだ、とわかった。

「だから、台本書きになろうと勉強したんだ。裏方でもいいから映画に関わりたかった。だけどやっぱり父さんには才能がなかった……なあ、大作」

「はい」

「ありがたくリング屋さんをやらせていただきなさい」

「……」

「お前は幸せじゃないか」

背後で母が騒ぎ始めた。父のどこかを平手で叩く音に混じり「幸せなわけあるか！お前はダメでもあの子は違うんだ！」と終わることのなさそうな金切声が続いた。すると、

「うるさい！」

父が、母を一喝した。大作の人生でいちばんの衝撃だった。「んあ……あぁ……」これまで聞いたこともない母の声が小さく聞こえてくる。

「大作」

「はい！」

無意識に姿勢を正した。

「父さんはな、裏方にすらなれなかった男なんだ」

「……」

「お前は幸せじゃないか」

ふと見ると、ガラス戸に遠く小さく映る自分の姿があった。醜い顔……夢を断たれた……だけど……俺は……幸せ……なのだろうか。


あれから三十年。父はとっくに他界した。母は最近開発が進んでいるらしい田舎町で変わらず健在だが、もう長いこと会ってはいない。向こうからの連絡もほとんどない。三十年前のあの日以降、狂ったように父へかけまくったらしい生命保険の給付金で好き勝手に余生を過ごしているはずだ。

「お前は幸せじゃないか」

あの一言は本当は自分に向けられた言葉ではなく、父が母に試みた最初で最後の小さな抵抗だったのではないだろうかと、大作は考えている。父は、もう一度本気で夢に挑むつもりだったのだ。しかし……それ以上は考えまい。父と母が一緒になったことで、自分がいまこうしてこの世に存在している以上。


あれから三十年。数え切れないほどの若者がプロレスに夢を抱き入門してきた。デビューし、光を浴び。しかしそんな彼らも、すでにほとんどがプロレスから去っている。去りたくて去っていった者はほとんどいない。大作は夢を叶えることはできなかった。しかし、いまも夢の近くで生きてはいる。

あれから三十年。大作は今日も、自分がそこに上がり光を浴びることは決してないリングを作り続ける。三十年前に抱いた疑問の答えは、いまも導き出せないままに。

醜い顔……夢を断たれた……だけど……俺は……幸せ……なのだろうか。

第三話　かっこいい女

まずは息子の話からさせていただきますね。こうしてあたしなんかに取材していただけるのも、いま思えば息子が高校にいかないきっかけになった『あの事件』からすべて始まっているものですから。

息子はいわゆる『引きこもり』というわけではは全然ありませんでした。中学を出たあとも週に五日は自分で目覚ましをセットして勝手に起きて、引っ越し屋さんでアルバイトをしていましたから。なので中学を出てから、お小遣いをあげたことがないんです。

「いいよ、自分で稼いでるから」って。アルバイトでは重たい荷物を運んでいたようで

「プロレスラーみたいに腕が太くなってきたかも！　ここ、筋肉、はら！」

って、嬉しそうに上腕二頭筋を見せてきたり……あ、上腕二頭筋というのは、いわゆる

力こぶのことです。なので、そういう点での心配はありませんでした。アルバイト先でも人間関係というものは必ずありますから。きちんと働いているようなので、他人とのコミュニケーションはしっかりとれているんだなって。それに事件の前までのように暗くなかったんです、表情が。あ……事件のことをまだ話してなかったですね、すみません。取材なんか受けるの初めてなもので、緊張して先走りすぎちゃって。順を追ってお話しします。

中三の、いつだったかしら？　帰ってこなかったことがあるんです。テストの前の日でした。それなのにプロレスを観に行くっていうから怒って叩いちゃったんです、息子を、あたし。そもそも息子がプロレスを好きになったのは小学校一年生のときでした。新聞に優待券が挟まってたんですよ。そこに写ってたマスクをかぶったレスラーの写真を見て「どうしても行く！」って。結局、夫が連れて行ったんですけど。それからすっかりハマっちゃって。もう頭の中はプロレス一色で。勉強なんかしたことないです。それでも体でも大きければプロレスラーへの道もあるかもしれないですけど、普通の子よりも小さかったんですよ、ずっと。最近どんどん背が伸びてきたからよかったなと思ってるんですけど……あ、なんの話でしたっけ？　そうそう、そんな息子をあたしが叩いちゃって。そしたら家を出ていっちゃって帰ってこなくて。あたし心配で心配で、何度も警察に電話しようとしたんですけど。そうすると夫が
「バカじゃないのか、それくらいで騒ぐな！」

って怒るんです。

「大丈夫に決まってるだろ！」

って。なんか夫も中学生のころは何度も家に帰らなかったことがあるから大丈夫なんだとかなんとか。あの年頃はそういうものなんだって。だけど本当はそのとき、夫はめんどくさかったんだと思うんです。飲んで会社から帰ってきたあとでしたから。息子が心配じゃなかったことはないと思うんですけど、酔っぱらうと……！　いや、酔っぱらわなくてもいつも本当にテキトーなんですよ。それはいまでも。

だけど朝になっても帰ってこなくて。さすがに夫も心配になったみたいで「警察に電話してもいいんじゃないのか？」なんて言い残したまま会社に行っちゃって。あたしにかけさせようとしてるんですよ。どうしようか考えてたら学校から電話があって。「名古屋からトラックで登校してきたようですが理由を一切話してくれません、どうしましょうか」って。もうわけがわからなくて。昼過ぎに戻ってきたんですけど、あたしすごく怒りました。

「昨日名古屋にいたの？　いったいどういうこと？　テストは受けたの!?」
って。だけど問い詰めても、息子は一切何も言わないんです。何を聞いても一切答えない。あたし、もうどうしたらいいのかわからなくて。だけどもうあんな心配したくなかったんで、息子のいちばん喜ぶものを買ってあげることにしたんです。まあ、ご機嫌取りですよね。それがいいのか悪いのかわからなかったんですけど。だからいま思うと夫だけじゃなく、実はあたしもめんどくさがってたのかなっていう気もします。

息子がいちばんほしがっていたものはスマホでした。だけど、あたし本当は買ってあげたくなかったんです。息子は中学でもほとんどの子が持ってるっていつも言い張ってたんですけど、心配だったんです。何かで読んだんですけど、江戸時代の人が一生かけて得る情報を、いまはスマホでたった一年で得るって。そんなものを子供が持ってもいいものかな？　って。夫は「俺の小遣いが減らなければどっちでもいい」って無責任なことしか言わないし。結局買ってあげたんですけど。それが原因となってしまいました。そのスマホで、息子の人生が狂っちゃうんです。いわゆる『バズった』ことがきっかけで。

あたしは当時ＳＮＳやってなかったんです。だから何をそんなに騒いでるのかよくわからなかったんですけど、朝起きてきて飛び跳ねて喜んでるんですよ。

「バズった！　見て見て！　バズった！」

って。自分で撮った動画を見せてきて。上半身裸の。ドンキで買ってきたような長い黒髪のウィッグかぶって。「最強なのは俺なんだよ！」って。それ、息子がいちばん好きな佐々原和彦選手……プロレスラーの、知ってますか……そうです！　テレビにも時々出てる。その佐々原選手のキャッチフレーズなんですけど。動画に入場曲までかぶせていて。またその口調もポーズの仕方もそっくりで。あたしプロレスなんて見たことなかったたし。息子が勉強もしないで友達もいないのはプロレスに夢中だからだって、むしろ嫌いだったんです。だけど「この人だよ！」って本物の佐々原選手がその言葉を叫ぶ映像まで見せられて「これ真似してアップしたらバズったんだ！」って。確かに似てるわこれならって感心するくらいよく似てました。佐々原選手本人からもイイネがついたって大喜びで。そして、こう言ったんです。

「やっとみんなわかってくれたか！」

自分自身にそう言ってる感じで。やっと世間が自分の実力に気がついたぞって言ってるふうに感じました。だから意外でした。この子、本当はそんなに自信があったのかしらって。なるべくおとなしく、波風立てないように生きてるのかと思ってましたけど、本当は目立ちたかったのかなって。意外でした。

だけど、あたしにはいまだによくわかりません。人様に認められることが嬉しいのはわかりますよ。だけどイイネがたくさんついたからって、それって本人の何かが認められたわけでも何でもない。何も起きないじゃないですか。なんていうのか、ＳＮＳでの『世間』って『野次馬』のことだと思うんです。野次馬に一瞬たくさん見られて、一瞬だけ「イイネ」って思われたからって、そこまで喜んでいるような人生で、そんなのでいいの？　って。いまの子たちは感覚が麻痺しちゃってるんじゃないですかね。あ、これはあたしの感覚ですよ。世代もあるのかと。そういうものがまだなかった時代に育った、あたしたちとの世代との相違が。だけどあたしはあの子の親なので。ヘンな方にはいってほしくなかったから、あのとき言えばよかったのかもっていまでも思います。

「それって偉いわけじゃないんだよ」

って。だけどそんなこと言ったら悲しんだでしょうね。わからないです、あたしには。いまの若い人たちの、人生の価値観の基準が。

それからは狂ったように動画投稿にのめりこんでいきました。だけど、たまたまだったんですね。その後はほとんど再生回数が伸びなかったみたいで、いつもイライラしていました。ある日、スマホを眺めて背中を向けて、何かぶつぶつつぶやいてるんです。

そっと後ろから覗いてみたら
「イイネしろよ……なんでわかってくれねえんだよ……イイネしろよ……」
って、画面を見ながらつぶやいてたんです。スマホの中だけだったんですね、自分を認めてもらえる場所が。だけどそこでも認められなくなった。本当はそんな場所どこにもないのに。これはもうスマホを取り上げないと精神を病んじゃうかもって思ったんですけど、できませんでした。取り上げたら、あの子が死んじゃうような気がして。消えてなくなっちゃうような気がして。そんな感じだったんで、もうすぐ高校受験だっていう時期になっても勉強なんか全然しませんよ、もちろん。

そしてある日、学校に行く時間になってもなかなか起きてこなかったんです。部屋までいったら、布団の中でじっとスマホを見ていました。その姿が、いつもの息子と何か違ってて。なんていうのか……すごくサバサバしてたっていうか。カーテンの隙間から朝陽が射しこんでたんですけど、朝の光が満ちた部屋の中で息子が白く見えたんです。白いというか、漂白されてるっていう言い方の方がより正確かもしれません。そして、こう言ったんです。
「一度バズったんだから……よかったわ」

って。そのままスクッて起き上がると、着替えて学校に行きました。出かけてからしばらくは、もうわかってくれたんだと思って安心しました。これからは頑張って勉強して普通に高校にいって、普通の人生を真面目に歩んでくれるのかなって。で、そのあと郵便がきたんです。合格通知が。あたしそのころ通信講座でステンドグラス制作を習ってたんですけど、その前の週に送った最終テスト作品が合格だったと。長い通信講座がそれで終わって。

「……よかったわ」

って思わず口にしたときハッ！　と気がついたんです。もしかしたら息子のさっきの言葉は、もう終わったという意味だったのではないかって。一度バズったから。いちばん大事なことをもう成し遂げたから。息子の中で終結しちゃったのでは、人生がって。そしたら一瞬、とんでもない絵が頭に浮かんできちゃって。まさかあの子に限ってそんなことはないでしょうけど、そのときは浮かんじゃったんです。だから普通に帰ってきたたときはホッとしました。だけどカバンを置くと、スマホをいじりながら言ってきたんです。

「僕、高校いかないから」

大事なことを告げる感じでもなく、しれっと。あたしびっくりしちゃって、なんで？

って聞き返しました。そしたら
「どうでもいいじゃん、もう」

って、スマホの画面から目もそらさずに答えました。あ、捨てたんだな、と思いました。大事な何かを、人生の。とりあえずそれ以上は刺激しない方がいいなと思ったんですけど。夜、息子がお風呂に入っていったとき、着替えの上に置いてあるスマホをそっと見たんです。さすがにお風呂までは持ち込んでいなかったんで。あたし、もう壊しまおうと思ってたのかもしれません……そしたら……画面を見て、愕然としました。待ち受けになってたんですよ。バズったときの画面のスクショが。いまも忘れません。イイネが9494件ついてました。不吉な数でしょ？　息子の墓標に見えちゃって。そうすると息子が……なんていうのか……死んだことに気がついていなくてずっと戦場をさまよっている幽霊みたいに思えてきちゃって……そしてお風呂の中から聞こえてくるんですよ。

「最強なのは……俺なんだよ……最強なのは……俺なんだよ……最強なのは……」

すりガラスのドアの向こうに背中が見えて、鏡に向かって何度も何度も、お経を唱えるみたいに。あたしもう涙あふれてきちゃって。漏れそうな声を殺してそっと出ました。もうかわいそうでかわいそうで……だけど帰ってきた夫にそのことを話したらいつもの感じで
「行きたくないならいかなければいいだろ！　俺だっていろんな問題を抱えてるんだ！」
って、まるで他人事なんですよ。それでもなんとか息子には考え直してもらいたくて、高校いかないいなら自分で稼いで家にお金入れてもらうことになるけどいいの？　って言ってみたんですけど、なんの効果もありませんでした。そのままズルズル。結局、高校にはいかなくて。もちろん最初は不安でした。まさか自分の息子が高校にいかないだなんて。そんな普通ではないことが起こるだなんて思ってもいなかったんです。あ、高校にいかないことが悪いと言ってるわけではないんですよ。そうではなく、普通に進んでいくと思っていたんです。息子は普通に高校へいって、いまの世の中でそれは普通のことじゃないですか。だから最初はショックでした。もうこの子は普通の人生を歩めないいんじゃないかと。そして、そういう普通じゃない人生が息子と自分に待っていたという。そういう意味でのショックが大きかったかもしれません、当時は。
それでも人間は、どんなことでもすぐに慣れてしまうんだと思います。最初は絶望的

に悲観してたんですけど、それも日に日に薄まって慣れていって。気がついたらそれが普通になっていたというか。

だけど……バズるって……罪深い言葉ですよね。そんなことで自分を過大評価してしまったり、勘違いしてしまったり。

ＳＮＳなんてなかったころ、何者でもない人間の言うことになんか誰も聞く耳なんて持ってくれなかったはずです。それが本当じゃないですか、実はいまでも。だから誰もが何者かになろうと一生懸命に頑張って。そうして世の中よくなっていったと思うんです。いまでは「聞いてもらえた」「賛同者がいる」って勘違いできちゃうから人々が努力をしなくなってると思います。だけど何者でもない人間の言葉になんか影響力は少しもないんです。本当は。

バズったなんて、そんな有名無実なことを心の拠り所にしてしまう……自分の息子がそうなっちゃうだなんて受け入れ難かったですよ。

で、息子のことにもだんだん慣れてきたころ、夫がスマホを忘れて会社にいっちゃったんです。テーブルの上で鳴ってました。ＬＩＮＥ通知だったんですけど」たっちん♡」って人からで、文面が一行だけ見えたんです。なんて書いてあったと思います？

「昨日ホテルにネックレス忘れたかも……」見えたのはそこまでなんですけど、もうわかりますよね？　そのとき夫がスマホ忘れたって戻ってきて。あたし聞きました。

「これなんなの⁉」

そしたらすごい顔して、ひったくるようにスマホ奪って。髪掴んで引っ張ったんですけど逃げられて。息子はバイトに行ってましたから、そんな姿を見せなくて済んでよかったです。それから三日間、夫は帰ってきませんでした。仕事が終わらないってみえみえなＬＩＮＥだけ送ってきて。電話には出ないし。臆病なんですよ、基本。それなのにプライドだけは高くて、うまいんです。人をその気にさせるのが。あたしもそれにハメられた口で。入社一年目でできちゃった婚ですから。できちゃったとき、なんて言ったと思います？

「ああ、俺の青春は終わった」

って……あーあ……バカだったなあ……あ、すみません、話戻しますね。

で、真剣に考えるようになったんです。これ、もう自分の人生は自分でなんとかしないとだめなんだなって。よく考えたら、家族でも自分以外は好き勝手に楽しんで生きてる気がしてきて。息子も、夫も。なんだ、あたしだけ楽しくなくてその二人のために苦しんでるじゃんって。

で、その日の昼だったんですけど、息子の部屋に入ってみたんです。入るなって言われてたんですけど、なんかもう好き勝手やってやろうと思って。とりあえずいちばん手近にあった好き勝手が、その禁を破ることだったっていうか。

　息子の部屋からエッチな本の一冊でも出てくるかな？　そしたらまだ健全でいいなと思ってたんですけど、そんなものはどこにもなくて。あるものといえばプロレス雑誌ばかりでした。どんなもんなんだよ、お前がそんなに夢中になってるプロレスとやらはよお？　って。そんな思いで一冊パラパラめくってみたんです。まさかそれがあたしの人生を変えることになるなんて、そのときはもちろん少しも思わなかったんですけど。

　プロレス……バカみたいでした。血を流したガイジンだとか、大人のくせにマスクなんかかぶった人だとか、有刺鉄線に突っ込む人だとか。ヘンな写真ばかり載ってるんですよ。なんでこんなもん好きなのよ⁉　って。だけど、最後の方のページに、女の人の写真が載ってたんです。女子プロレスラー。ガイジンみたいな顔してるんですけど、どこか日本人のようでもあって。

　記事を読むと、イタリアと日本のハーフでした。ジュリアンナっていうレスラー、ご存じないですか？　その子の写真が、とにかくかっこよかったんです。何一つ隠さずに、すべてを剥き出しにした写真ばかりが載っていて。例えば女の子が眉間に皺を寄せたり、目玉や歯を剥き出して相手を睨みつけたり、鼻を広げたり。そういう顔、恥ずかしいから人前ではしたくないじゃないですか？　だけどその子の写真はそういう表情ばかりだったんです。そんな彼女の写真を見ていると、ある人を思い出しちゃって。

あたしが中学二年生のとき、オランダと日本のハーフでクラウディアっていう女の子が転校してきたんです。名前だけでもイケてるでしょ？　まだ十三歳なのに身長が一七二センチもあって。栗色の長い髪で、青い瞳で、もう大人なんですよ、顔も、雰囲気も。あたしたち日本人とはもう全然違う。だけどあまりに違いすぎて、なかなか近づきにくい存在でした。仲良くしようと意識して接するようにはしてたんですけど、一人でいることを特に気にもしていなそうな強さも感じて。それもまたかっこよくて。

で、体育の授業の前だったんですけど、男女別々の教室で着替えてたんです。みんなまだ小さい胸を隠したりしながら。だけど、クラウディアは全然隠さないんです。それがもうFカップみたいなすごい胸してて。それを少しも隠そうともしない。あたし、女同士なのに惚れ惚れしちゃいました。大人が見る外国の映画みたいで。ああ、やっぱりあたしたちとは全然違うんだなって。あたしだけじゃなくて、みんなチラチラ見てました。
　そのときなんですけど、誰かが「きゃあっ！」って叫んだんです。男子が覗いてたんですよ。着替えてる教室を。チョロ松っていうあだ名で覗きの常習犯みたいな不良でした。「さすがガイジン！　モノが違う！」って廊下から聞こえました。そしたらクラウディアの目が吊り上がって。すごい顔に変わったんです。一瞬で。目も歯も剥き出しにして。豹変っぷりに唖然としました。そのまま胸丸出しで走っていって。あたしたちも急いで服着て追いかけていったら、クラウディアはもうチョロ松を組み敷いて馬乗りになってました。だけどチョロ松、クラウディアの丸出しのおっぱい見上げてヘラヘラしてて。手を伸ばしたんです、クラウディアの胸に！　そしたら彼女
「クソ野郎……ファッーク！」
　って叫んで頭突き喰らわせて。顔面のど真ん中に。上から振り下ろすように。
　……クシャッ
　って、鶏の細い骨を石で叩き潰したような音がしました。ゆっくり顔を上げたら、クラウディアの額にヌルッとした血の塊がついていて……チョロ松は、顔の真ん中にケチャップ一本ぶちまけたみたいになってました。あとでわかったんですけど、鼻骨と眼窩底骨折で全治二か月でした。それと脳震盪。気を失っていてピクリとも動かない。そ

したらクラウディアが、ゆっくりと立ち上がったんです。赤鬼みたいにすごい顔して。そして、あたりをゆっくりと見渡しながら、こう言いました。

「みんな、怖がらせて悪かった！」

そんな第一声、中学二年生がですよ！

「何この子……」

あたしすっかり憧れちゃって。あたしだけじゃなく女子全員がそうだったはずです。その数日後に世界史の授業でジャンヌ・ダルクの名前が出てきたんですけど、女子の誰かが思わず声を上げました。

「かっこいい！　クラウディアみたい！」

って。本人、キョトンとしてましたけど。それもまたかっこよくて。だけどお父さんの転勤であまり長くはいませんでした。ある日、忽然とあたしたちの前からいなくなった……かっこいいでしょ！　そんなクラウディアの記憶が甦ってきたんです。ジュリアンナの写真を見て。顔もどことなく似てるんですよ。

だから、久しぶりに胸がときめいちゃって。何冊も雑誌をめくりました。他にもジュリアンナの写真ないかな？　って。全部写メ撮りました。それからネットでいろいろ調べたんですけど、ジュリアンナは子供のとき相当いじめられたみたいなんです。ハーフだからという理由で。あと家が貧しくて。なのに、すごい！　そこから自力で這い上がってチャンピオンになって、有名になって。しかも同性からかっこいいと思われて、なんてすごいんだって。たった一日で大ファンにっ……ていうか、いや、そんな程度じゃなくてもうあたし

こういう人になりたい

って思ったんです。ジュリアンナみたいになりたいって。何かになりたいなんて思ったのは子供のころにCAになりたいと思ったとき以来でした。そして、ピンときたんです。本当に偉いのはこういう人なんだな、って。他人に影響を与える、こういう人こそが何者かなんだなって。イイネがたくさんついたところで、他人の人生に影響なんか与えないじゃないですか。偉くもなんともないと思うんですよ、そんなの。

ということは、じゃ逆にあたしは誰かの人生に影響を与えてるのかなって。与えてない。それどころか息子と夫の人生に影響を与えられてつまらない日々を過ごしている。なら……変えなきゃ！　と思ったんです。ジュリアンナみたいに、他人の人生に影響を与える人にならないといけないじゃないかっ！　って決意したんです。だけど、そのた

めにはまず何をどうしたらいいのかがわからない。じゃ、とりあえず形から入ってみようと思って、ジュリアンナと同じようなお化粧から始めてみることにしました。

青と紫が多いんです。ジュリアンナのお化粧には。だけどそんな色の化粧品は持ってなかったんで、いつも買ってるモールの化粧品屋さんで青いアイシャドーと紫の口紅を買ってみました。そのとき顔見知りの店員さんに言われたんです。「あれ？　いつもの色じゃないんですね」って。それ聞いた瞬間、ハッとしました。あたし、これまで同じことばかりしてきてたんだなって。色なんかなんでもいいじゃんって、いや、そんなことすら考えずにお化粧してたんだなって。こんな小さなところまで惰性でいっぱいだったんだな、あたしの人生は。それじゃ何一つ変わるわけないじゃん、って。

家に帰ってお化粧してみました。最初は恥ずかしくてまともに鏡を見れなかったんですけど、それもだんだん慣れてきて。見ると、結構いけてたんですよ！　そのときあたし三十九歳だったんですけど、もしかしてもっと若く見える？　なんて。いろんな角度から自分を見てみました。そういえばもう長いこといつも真正面からしか自分を見ていなかったことにも気がつきました。

そのときなんですけど、どこかで物音が聞こえたんです。息子か夫が帰ってきたのかと思ってあせっちゃったんですけど、なんでもないただの物音でした。それで、朝の夫のことを思い出しちゃって。そしたらこう……なんていうのか……ちょっと言いにくいことなんですけど、あたしの『女』ってもう終わってるのかな？ なんて頭をよぎっちゃって。部屋の中は明るかったんですけど、服を全部脱いで、鏡の前に立ってみたんです。そしたら……。

なんだかよくわかりませんでした。

いいのか、悪いのか、全然わからなくて。若いころは街を歩いても結構声をかけられるくらいでしたから、悪くはなかったはずだと思うんです。だけどなんていうのか、どちらでもなくなっちゃったのかな？ って感じました。人間って、使わないものが退化していくじゃないですか。息子が生まれて夫ともずっとそういうこともなくなって。だから退化して、消えかけてるんじゃないかなって。だけど若いころとは悪い意味で目に見えて違うことがありました。おなかがたるんでいたんです。正面から見るとそれほどわからないんですけど、横から見るとよくわかりました。シックスパックが浮いてるジュリアンナのおなかとは大違いです。女が薄れたのはまあ……あんな夫に使うことはもうないだろうからいいとしても、ある一つの重大なことに思い当ってしまったんです。

なら、あたしはこれから女として、何を誇りに生きていけばいいのかな？　って。だけどそれにもすぐに答えができました。ジュリアンナの写真を見て。そうだ、あたしは彼女みたいになるんだった。ならば同性から、いや、同性からも異性からもかっこいいと思われる女になればいいんだ！　って。これからのあたしはかっこいい女を目指そう！　って決めたんです。そうすると、ならばまずはこのおなかをなんとかしなきゃって。こんなおなかじゃジュリアンナに嫌われちゃうぞ！　って。もちろん勝手な妄想ですけど。

翌日から、八王子駅の近くのゴールデンジムに通い始めました。短大まではテニスやってたんですけど、体を動かすなんてそれ以来なのでちょっと不安でした。少しでも体を隠そうと思って、長いズボンとロンTを持っていきました。鍛えた人がいっぱいいるだろうから、ユルユルの身体を見られるのが恥ずかしかったのもあります。入会手続きをして、着替えてから女性トレーナーの方に簡単な説明を受けました。ここがフリーウエイトでここがマシンエリアでとか、本当に簡単な説明を。あとは好きなようにやってください、わからないことがあったら聞いてくださいって。ジムの広さと器具の多さにびっくりしましたね。

さあ、何から始めようかな？　って、しばらく何もしないでジムを見渡してました。女の人も意外と多くて。あたしみたいに長いズボンとシャツを着てる人もいれば、タンクトップですごい肩や腕を出している人。スポーツブラとスパッツでバキバキのおなかを出した人もいて。あんなふうになれたらかっこいいなと思いました。なのでまずはやっぱり腹筋からだと思いまして。たぶんこんな感じだろうって、少し傾斜になった腹筋台に寝てみました。二十年くらいぶりでした、運動するのなんて。そしたら腹筋、たったの五回しかできなかったんですよ！　それ以上やろうとしたら攣っちゃって。腹筋が。経験ありますか？　腹筋がくぅーって収縮しながら捻じれて千切れる感じな。おなか押さえて「痛い！　痛い！」って叫んでたら男性の会員さんが飛んできて「こうやって伸ばしてごらん」って教えてくれて、うつ伏せの姿勢から体を反らしたら治まったんですけど。これ、あせらないで気長にやらないともたないなあと思って。そのあとは本当に軽い重量でマシンをカチャカチャいじって、最後に自転車を三十分こいで初日は終わりました。

次の日。起きたら体がもう大変だったんです。全身筋肉痛で。とにかく体中全部が痛くて。体の中に人型の鉛を仕込まれてるみたいに、歩くだけでも息が上がるし。アルバイトが休みで家にいた息子に「お母さん具合悪いから」と言って一日中寝ていました。ジムにいって筋肉痛だなんて、息子には言えませんよ。「いい歳して何やってんの？」って言われるに決まってると思いましたから。

三日後に、なんとか治まってきたのでジムに行きました。そしたらこの前助けてくれた男の人がいたんです。タンクトップにスパッツで。すごい体してるんですよ、よく見たら。

「来たんですね、もう来ないかと思った！」

って、嬉しそうに言うんです。三日前は余裕がなくて何もわからなかったんですけど、短大時代に初めて付き合った彼氏に少し似ていました。あ、うちは父が結構厳しい人だったんで初めて男の人と付き合ったのが二十歳で、あたしかなりの奥手……関係ないですね、すみません！　その人、あたしと同じくらいの年齢で。そういえば三日前もこの匂いしたなっていう男物の香水の匂いがして。「迷惑じゃなければ一緒にどうですか？」って。その人とはいまでも仲良しで。亀山さんっていうんですけど。仕事は八王子駅の近くで飲み屋をやってます。会話慣れしてる人だから、手取り足取りすごくやさしく教えていただきました。ああ、久しぶりに楽しいな、青春時代に戻ったみたいで、ジムに入会してよかったなあって思いました。その日はあまりにも嬉しくて、息子にだけは話しました。ジムに通い始めたことを。息子は「ふーん……なんで？」って関心なさそうでしたけど。どうせ趣味で始めた程度ですぐにやめるんだろ、くらいにしか思ってなかったんじゃないですかね。

だけど真面目にジムに通い続けて十日ほど経った日の朝、いきなり来たんです。布団の中で感じました。目が覚めた瞬間に、昨日まではなかったところに何かがある感じがしたんです。ここ、いわゆる三の腕。上腕三頭筋っていうんですけど。触れてみたら、昨日までなかった筋肉の手触りがあったんですよ。ボコッ！　って、筋肉の束がいきなりくっついていた、みたいな。え！　こんなにいきなりくるものなの？　ってびっくりしました。それがすごい感動で。息子と夫が出かけたあと、全部脱いで鏡の前に立ってみました。そしたら……全体的に形が変わってたんですよ！　腰回りにくびれができて、腹筋も上の方が薄くですけど形が浮いてたんです。腕には肩と二の腕と三の腕をくっきりと分ける影ができていて。そういうのをカットって言うんですけど。それに顔がシュッとした？　って近くで見てみたら、顎のたるみまで明らかに減っていて。

あたし、変わった！

叫んじゃいました。それからはますますジム通いに夢中になっちゃって。だって自分がどんどん変わっていくんですよ！　すごくないですか、それって!?　それからはスマホの待ち受けを、家族三人で写した写真からジュリアンナの全身姿に変えました。ジムで鍛えるときに見るんです。あたしはいま、ジュリアンナのようにかっこいい女になりつつある！　とイメージしながら見るんです。そうすると実際、効果があるんですよ。いわゆるイメージトレーニングの一種です。

そんなある日なんですけど、どこかで見たことのある人がジムにいました。重たいバーベルをガッシャンガッシャン上げてて。後ろ姿を見ただけでも普通の人とは違っていて。オーラがすごいっていうか「この人、なんの人だろう」って思いました。いつも来てるすごい体した人たちも一目置いて距離をとってて。その人が振り向いたとき「あっ！」って叫んじゃいました。息子が好きなプロレスラーの佐々原和彦選手だったんです。なんでこんなところに？　と思ったんですけど、そういえば息子が「八王子出身だから親近感がある」と言ってたことを思い出して。あ、地元に帰ってきてるんだと思いました。

で、佐々原さんがインターバルで休んでるときにいまだ！　って声をかけたんです。「うちの息子が大ファンなんです」って。そしたらすごくやさしい人で「そうですか、それにしてもいい体してますね」って言ってくれて。あたし、すっかり舞い上がっちゃいました。しかも時々近づいてきて「こうやって鍛えるともっと効果があります」とか教えてくれるんですよ。そしてその光景を、いつも教えてくれる亀山さんがブスッとした顔で遠くから見てるんです。絶対に嫉妬してました！　何これ？　あたし人気者すぎる！　って。ま、それは冗談ですけど。とにかく、すごく自信がついちゃいました。そこでちょっと調子に乗って、佐々原さんにお願いしたんです。「うちの息子に気合入れていただけませんか？」って。そしたら二つ返事でオーケーしてくれたんです。もう感動です。すごくいい人なんですよ、佐々原さん。息子にＬＩＮＥしてジムに呼び出して。二人でいろんな話したみたいで。家に帰ってきた息子はまあ興奮しちゃってですね……あ、ちょっと話しそれちゃいましたね。

その次の日から、ジムではスポーツブラを着てスパッツを穿きました。佐々原さんに言われたことで、さらに自信が出てきたんです。体もかなり変わってきてたし、露出したらもっと進化も速いはずだと。考え方も前向きに変わってきてたんですね。今日も佐々原さんいるかな？　ってちょっと期待してたんですけど、もういませんでした。だけど亀山さんがいつものようにいて。あたしの姿を見て「ワーオ！」なんて叫ぶんですよ。

「おかげさまでこういう格好もできるあたしになりました」

ってお礼を言ったら

「いや、ボクは手助けしただけですから。それより……プロレスラーなんて野蛮だから気をつけた方がいいですよ」

って、神妙な顔で言うんですよ。隠れて大笑いしちゃいました！

そのころ、あたしが自信を深める出来事がまだまだ起きます。ある日。ジムを終えてから繁華街を歩いてたんです。そしたら赤い派手なドレスを着た女の人と、ツルツル頭にサングラスをかけた男の人が、早歩きで同じところを何度もグルグル行き来してたんです。何だろうと思って見てました。男は時々女の人の腕を掴んで、そのつど「やめてよ！」といやがられてて。無理やり何かしようとしてるふうなんですけど、誰もが見て見ぬふりでした。

警察を呼ぼうか迷ったんですけど、もしジュリアンナだったら止めるだろうなと思うと勝手に足が動いてました。すごく怖かったです。その男の人、どう見てもカタギじゃないんですから。どうやって止めたらいいのか全然わからなかったんですけど、男の人に思い切り肩からぶつかっていきました。だけど全然力がこもってなくて、ぬいぐるみか何かが当たってきたぞくらいに思われただろうなくらいの手応えしかなくて。不思議な顔で見られました。そして、こう言われたんです
「お前の友達なのか？」
追われてる女の人のことだなと思ったので
「はい、友達です！」
って。男の人もそうですけど、あたしも何を言ってるんだろう？　と。そのときもあたし、ずっと肩をつけてグイグイ押してました。男の人は「そうか」って言うと、ポカンとしたままどこかへ行っちゃいました。あたし膝の力が抜けて、その場にしゃがみこんじゃって。そしたら女の人が「ありがとうございます！　あたし、もうちょっとでアイツにブチ切れるところでしたけど、おかげで救われました！」って、なんだかヘンなことを言う人だなと思ったんですけど。
それでも助けてくれたお礼にって、喫茶店でお茶をごちそうになりました。その人、

山本タツ子さんっていう名前で。自己紹介したあといきなり「竜を意味する名前に人生が負けてててパッとしない」とかいきなり言い始めて、面白い人だなあって思いました。近くで見ると、服装だけでなくお化粧も派手でした。遠目に見ると雰囲気があるんですけど、近くで見ると、こう言ったら失礼ですがちょっと「ん？」というよくわからない顔立ちをしてて。そして話しているうちにわかってきたんですけど、性格もそんな感じでした。豪快なようでいてハッキリしない感じで。ヘンな喩えなんですけど、紙粘土で作った本物そっくりの石を持つと拍子抜けして「あれっ⁉」ってなるじゃないですか。そんな人だなという印象です。だけど、ちょっと前までの自分もそんな感じだったのかなとも思いました。タツ子さんは特に定職はなくて、その日は派遣のギャラ飲みで八王子にきていたそうで。だけど約束の条件と全然違ったので怒って帰ろうとしたら追いかけられてたところだって教えてくれました。ギャラ飲みっていう言葉、そのとき初めて知りました。

慣れてくると話が弾んで、ギャラ飲みしてる理由も教えてくれました。芸能人に会えるかもしれないからって。どうして芸能人に会いたいんですかって聞いたら「それをきっかけにあたしが芸能人になりたいから」って。あと他にも、コラムニストにもなりたい、Ｙｏｕｔｕｂｅｒにもなりたい、声優にもなりたい……いろいろなりたい人でした。だけど、本当にしたいことは何なのかが自分でもよくわかってない感じで、ちょっとかわいそうな気がして。

　タツ子さんは独身なんですけど、妻子持ちの人と不倫してる、なんてことまで教えてくれました。相手の人は家庭が崩壊しかけてる、しょーもない男だけど、もしかしたらテレビ関係の仕事のその人のツテで仕事を紹介してもらえるかもしれないって。なんだか人の秘密ばかり聞いてるみたいで申しわけなかったので、あたしの家族の話もしたんです。そしたらすごく羨ましがられました。家庭があっていいなあって。あ、タツ子さんは主婦にもなりたいと言ってました。

　だけど、あたしにはそんなタツ子さんが羨ましく思えたんです。息子のことはもちろん大事ですよ。だけどやっぱり心配は尽きていなかったですし。大はもうどうでもよかったですし。だから、タツ子さんは自由でいいなあって言いました。そしたら少し嬉しそうでした。人間って、こうしてお互いにないものを羨ましがるんですねって笑い合ったんですけど。

　あ、そのときタツ子さんが誰かに何かを送信してて。自分がやることをいちいち説明してくるんですけど「あなたのＴｗｉｔｔｅｒにリプしたからちゃんと拡散するように」と友達に送ったって言うんです。「派手にバズりたいんですよね」って。若いんだなと思いました。気持ちが。二十九歳なんですけど。それと、バズったら講演会もやりたいって言ってました！

そして帰りぎわ、タツ子さんが「琴絵さんはかっこいい」って言ってくれたんです。「助けてくれたから言うわけじゃなく、かっこいい」って。この日、あたしはすっかり自信がつきました。そんなことを言ってくれたタツ子さんのおかげだと感謝してます。いまも仲良しで、よく会ってますよ。

その日の夜。タンクトップで肩を出して、息子と夫が帰ってくるのを待ちました。時間差で帰ってきて。まず息子が「女子プロになれるんじゃない？」って、本当にびっくりしてて。あたしは息子に伝えたかったんです。頑張れば自分を変えられるっていうことを。四十前のあたしですらこんなに変わったんだから、若いあなたにできないはずがないって。それが伝わったのかどうかはわかりませんでしたけど。次に帰ってきた夫は「なんか……いいじゃん」って腕に触ってこようとしました。だからあたし「勝手に触るな！」って言って腕を引っ込めてやりました。これまでの仕返しみたいに。いつかそういうことしたかったのかもしれません。性格悪いですかね？　あっはっはっ！

いま、あたしは思います。家族といえども、人生はそれぞれのものでしかないって。それぞれが自分の人生を責任もって生きていかないといけないって。人生が交わることなんて絶対にない。というか、交われないんです。助け合うことはできますよ。だけど、あたしが息子の人生を代わりに生きることなんてできないじゃないですか。

だから自分の人生は、自分で闘わないといけないんです。そんな自分の姿が誰かに影響を与えるまで。そう考えると、いまはまだ自分が喜んでるだけだなと、まだまだこの程度ではいけないなと考え始めまして。二年前です。あたしに自信をもたらしてくれた体を鍛えるということを、以前のあたしのような女性のために、思い切り安心してそれを手助けさせていただく環境を作りたいなって思い始めたのは。それから必死に勉強しました。経営と、トレーニングと、コーチングと。さらには接客に必要な心理学やら何やら。クラウドファンディングも募りまして、二年かかりました。この女性専用ジムを開設するまでに。まだ二年目に入ったばかりでやっと軌道に乗り始めたところですけれど、このジムから少しでも自信をつけて人生をしっかり歩むことのできる女性が出てきてくれたら、あたしは本当に嬉しいです……あ、そろそろ締めですよね？　じゃ最後に一言。

あなたもこのジムで人生を変えてみませんか？

なんて！　まあだいたい、こんなところです。大丈夫ですか？　取材を受けるなんて初めてなのでヘンなこと言ってないかどうか。どうぞ今後ともよろしくお願い申し上げます。今日は本当にありがとうございました……あの、この記事はいつごろ掲載予定でしょうか？

九月四日金曜日の十三号ですね、ありがとうございます。あたしも行きつけのスーパーに配布されるのを毎号楽しみにいただいて読んでますから。はい、載るのは『八王子の女性起業家』コーナーですよね。いつもいちばん楽しみに読んでるページです。取材していただけるって聞いたときは本当にびっくりしました……え？　運動姿のあたしの写真もですか？　では着替えてきますので、お待ちいただいてもよろしいでしょうか？　申しわけございませんが。

ええ？　どうして……いえ、すみません……更衣室の鏡が割れてたんです……朝磨いたばかりだったんですけど……あ、すみません。スニーカー履いたら準備終わりますので……あっ？　紐が切れちゃった……すみません、新しいのとってきますので！　本当にすみません……なんなのかしら……よくないことが起きなければいいんだけど……。

第四話　「全然満足していません」

それは、太一にとって予想外の光景だった。妻の琴絵がそうであるように、女子プロレスといえば女性ファンが観るものだと勝手に思い込んでいたのである。

新木場1stリング。倉庫や工場、煙を吐く煙突ばかりが建ち並ぶ場末感漂う新木場にある、プロレス、格闘技、演劇などに使用される収容人員三〇〇人弱のライブ会場。女子プロレスが催されるこの日、太一が到着すると会場外の敷地には、リュックサックを背負った男、カメラを首からぶら下げた男、人気選手の同じTシャツを着た男たちなど、とにかく男ばかりがたむろしていた。

琴絵のやつ、さては元々男目あてで……。

三年ほど前。妻の琴絵は、ある日突然ジムに通い始めた。みるみる体型が変わっていくさまを見て、これは誰かと浮気をしているに違いないと太一は睨んだ。

「ああ……このくびれた腰、大好きだよ……琴絵さん！」

姿の見えない浮気相手は、自分よりもイケていた。太一自身、実は琴絵との結婚後に何人かと浮気くらいはしてきている。しかし妻に裏をかかれたとは認めたくなく「琴絵のくせに生意気だ！」という攻撃的な感情に転化した。

浮気の証拠を掴んでやろう。不在を見計らい何年ぶりかに琴絵の部屋へ足を踏み入れた。すると、壁に貼られた女性のポスターが真っ先に目に飛び込んできた。小麦色に焼けた肌にハーフのような顔立ち。均整のとれた鍛え込んだ体。ＳＦ映画のヒロインのように色彩鮮やかなギラギラの水着。JURIANNAと書かれているのは彼女の名前なのだろう。ジュリアンナ……外タレか？　スマホで検索してみると、女子プロレスラーの写真と一致した。

女子プロレス？　琴絵のやつ、いい歳こいてそんなもんに夢中になってんのか？　その影響でジムに通い始めたのか？

一応浮気の証拠も探してみたがそんなものは一切見つからず、太一にとって目新しいものといえばプロレス雑誌やジュリアンナの写真のスクラップばかりだった。そしてそれ以降、琴絵は体型以外にも様々なことが変わり始めた。自信がありそうで、毎日が楽しそうで。そんな姿を見るのが面白くなく「俺の稼ぎで道楽三昧の生活を送りやがって！」とイラついていたら、そのうちフィットネス事業まで立ち上げあっという間に軌道に乗せてしまった。琴絵の心の原動力となったもの。その後の言動や頻繁に覗くようになった部屋の様子から、それは女子プロレス以外に考えられなかった。

なんでだよ、ふざけんなよ。いまじゃ俺より稼いでるなんてありえねえだろ。どうせそんなもん道楽半分に始めた女仕事のビギナーズラックに決まってんだ。とりあえず、どんなもんなんだよ？　お前を変えた女子プロレスとやらは？　一度この目で確かめてやろうじゃねえか！

しかしそうとは決めたものの、男一人で女子プロレスを観に行くことには抵抗があり、またせっかくの休みには自身の浮気相手との付き合いに流されることもあったりで、ズルズルと時間は流れ。やっと迎えたこの日だった。

敷地内に細長いテーブルが並んでいる。チケット売場のようだった。近づくと、女性スタッフと目が合った。若くはないが老けてもおらず、美人ではないがブスでもない。それでも男ばかりの空間ではそこそこ気になる存在に感じてしまう。琴絵のやつもそこを狙って……声をかけてきた。

「誰か選手ですか？」

なんのことだかわからなかった。

「いや……見やすいのはどのあたり？」

雛壇最後列のいちばん端を勧められた。確かに静かに観るにはいちばんいい席かもしれない。場末の会場にしてはやけに高いと感じたが、五五〇〇円を払いチケットを受け取る。正午開始直前に入ろうと、道を挟んだ向かいの自動販売機で缶コーヒーを買い、その場でタバコに火をつけた。

紫煙を吐く。新木場１ｓｔリングの全景。三角屋根。これは元々倉庫か何かなのだろうか。男ばかりが次から次へと会場に吸い込まれていく。しかしよく見ると、ハゲた男、デブな男、ブサイクな男、臭そうな男……モテそうな男はほとんどいない。太一にはそうとしか見えなかった。

アングラ

そうだ、これはアングラの世界ではないのか。こんなものに誰かの人生を変えてしまうほどのパワーが本当にあるのだろうか？　もしかすると琴絵は他にも何か夢中なものがあって、実はそちらからの影響を強く受けたのでは？　そんな疑念も湧いてくる。誰かの人生を変えてしまうほどのパワーがあるもの……そんなものがこの世に存在するという前提自体が、太一にはどうもピンとこない。しかしそもそも、琴絵が変わった理由などをなぜ自分はそこまでして知ろうと……。

「チッ！」

頭に浮かびかけた自分への問いかけを、投げ捨てたタバコとともに踏みつけた。

雛壇最後列の端。席番が書かれた場所に腰を下ろすと、右隣は黒い壁だった。会場全体がよく見渡せる。客席は六割ほどの入りで、太一の隣も空いていた。多くの観客は一眼レフカメラの準備に余念がない。それ以外の観客はスマホに眼を落としている者がほとんどで、野球やサッカーのように仲間と連れ立って観にきている者はほとんどいないようだった。会話がない場内。誰もが小さな縄張りを自分の周囲に張りめぐらせ、そこへ侵入しようとする者を拒んで生きているような気がした。会場内に流れる洋楽の音量がだんだん大きくなってきたのは、まもなく始まるという期待値を高める演出なのだろう。

と、会場入口から太ったメガネの男が入ってきた。走ってきたようで、息を切らせているのが遠目にもわかる。呼吸を荒らげ、雛壇を最後列まで上がってきた。観客の足にぶつかりながら太一の方へ向かってくる。

くるな！　と念じたが、男はやってきてしまった。手にしたチケットと太一の隣の席番を何度も大げさに確認している。うん！　とうなずき「まもるちゃんがとってくれた席、発見ぇぇぇーん！」と、細い眼をさらに細めて叫ぶと、太一の隣に身を投じてきた。体温と湿度の塊な汗だくの体が容赦なくひっついてくる。

「ハア……ハア……ハア……」

乱れた息を気にする素振りもない。猛烈な口臭が漂ってくる。太一は反射的に呼吸を止め、しかめた顔を壁側に向けた。男は太一に肘をぶつけながらカバンを足元に下ろすと、一眼レフカメラを取り出し撮影の準備を始める。

「ハア……ハア……ぎりぎりにきたこと、まもるちゃんに知られたらまた怒られちゃうよお！」

周囲の誰も反応していない。完全な独り言。太一は露骨に男を睨みつけ、極限まで壁に身を寄せ両手で鼻と口を覆ったが、そんな様子に気付く気配もまったくなかった。そのとき、大音量となった洋楽がピタリと止んだ。スーツ姿の女性リングアナウンサーがマイクを手に、リング中央に立っている。

「本日はBeginning女子プロレス新木場大会にたくさんのご来場、まことにありがとうございます！」

その一言で、静かだった会場内の空気は一変した。大声で何やら叫ぶ者、異様なテンションで拍手する者。縄張りへの侵入を頑なに拒む彼らが唯一自ら外へ踏み出す空間、それが女子プロレスなのだろうか。もしかすると彼らは、女子プロレスがなければ永遠に縄張りの中で生きていくしかない生き物なのでは……だけど会社や家の中でしか威張れないヤツがほとんどだから、よく考えりゃ世の中そんなもんか……その中に、太一自身は含まれてはいない。

リングアナウンサーが第一試合から順に対戦カードを読み上げていく。全六試合。メインイベントのタッグマッチで最後に「まもる」という名前が告げられると一段と大きな歓声が湧き起こり、隣の男は両足で床を踏み鳴らし「イエーイ！」と叫んでいる。

太一には、まもるという名前が妙に気にかかった。まもる……守？　護？　それは男の名前ではないのか。スマホで「女子プロレス まもる」と検索すると「女子プロレス 真萌瑠 ではありませんか？」と候補が出てきた。真萌瑠。トップにあがっているWikipediaをクリックする。写真が目に入った。

「……おっ⁉」

サラサラなショートの黒髪。白い肌。切れ長の眼。桃色の薄い唇。尖った顎。本名非公開、長野県出身、Beginning女子プロレス所属、二十歳、一六八センチ、六十五キロ。若く、背も高く、完璧に太一のタイプだった。「真萌瑠 画像」で検索すると、試合中の全身写真が無数に出てくる。紫と白のコスチューム。長い手足。技を仕掛けている写真が多かったが、それらの中で最も太一の目を引いたのは、黒髪が頬に張りついた横顔の一枚だった。どこを、何を見ているのか。なかなかめぐりあえない幸せを探し求めているようなうつろな眼……。

「それ、今年の二月二十四日の後楽園ですよ！」

悪臭が押し寄せた。隣の男が太一のスマホを覗き込み、顔を近づけ頼んでもいない解説をしてきている。反射的に、再び鼻と口を両手で覆おうとした太一は、手にしたスマホで顔面を強打した。

「尊い真萌瑠ちゃんが憧れの三木悦美先輩にシングル初勝利したときの写真！　それ撮ったの実はボク、クックックッ！」

太一は「話しかけるな！」と叫ぼうとしたが、やはり反射的に呼吸も止めていたので息が詰まっただけだった。男は得意気に話を続ける。

「おたく、初めて見る顔だけど真萌瑠ちゃんの御新規ファン？　決戦まであと二か月だから一生懸命応援してあげて、クックックッ！」

なんなんだコイツは！　返事をせずに顔を背け視線をリングに戻すと、第一試合の選手たちがリングに入場するところだった。四人の選手が二人ずつのチームに分かれて闘うタッグマッチ。どの選手も色とりどりのコスチューム。茶髪や金髪。かわいらしい顔。スポーツ選手というよりアイドルのようだった。

試合が始まった。前腕で相手の胸を叩く音。マットに叩きつける音。初めて観るプロレスは、肉体が奏でる音が想定外に壮絶だった。アイドルのようなビジュアルでも、誰もが相当な鍛錬を積んでいるに違いなかった。そうか、琴絵はこういう強い女に憧れてたのか……その後も熱い闘いが続いていたが、早く真萌瑠を見てみたい太一は他の試合も琴絵のことも、もはやどうでもよくなっていた。そして、メインイベント。二対二のタッグマッチ。場内が暗転し花道がピンスポに照らされ、一人ずつそれぞれの曲で順番に入場してきた。

三人が入場し終え、最後に真萌瑠の曲が流れる。イントロ。太一の頭の中に、雨上がりの公園に佇む少女の姿が浮かんできた。そこへ突如のアップテンポ。雲の隙間からプリズムが射し、少女の横顔を七色に染める。真萌瑠が姿を現した。これまで登場したどの選手よりも別次元に輝いて見えるのは、事実格段に多くのカメラフラッシュが焚かれているからでもあった。ギラギラのスパンコールのショートガウンに乱反射する銀河の海のような光、光、光。白い肌がうっすらと濡れていた。体を軽く折り曲げ片膝に両手を置く。客席の端から端までをうつろな眼で見渡した。髪が頬に張りついた横顔……その瞬間、太一の胸に遠い昔に置いてきてしまった、ある感覚が甦ってきた。青春時代、常に近くにあったあの感覚。それが何なのか、太一にはすぐにわかった。恋。太一は真萌瑠に恋をした。しかし、太一の青春時代はとっくに終わってしまっている。終わってしまった青春時代のその先に、恋よりも大事な「ある世界」がすでに存在していた。ある世界が……。

絶叫する真萌瑠が相手の胴体にタックルを決め、そのまま両足を抱えブリッジの体勢で丸め込むとレフェリーがカウントを三つ叩いた。勝利した真萌瑠たが、その顔は少しも嬉しそうではない。レフェリーに手を挙げられても、緊迫状態の真っただ中にいるような顔が緩むことはなく試合後のマイクを握った。

「ハァ……ハァ……ハァ……皆さん、今日はご来場ありがとうございます」

一斉に拍手が起きたが、真萌瑠の表情は変わらない。

「今日私は勝ちましたけど、見ての通りきつかったです。ジュリアンナとの決戦まであと二か月……私はいま、自分への歯がゆい気持ちでいっぱいです！」

今度は、拍手は起きなかった。拍手などしたら場内すべての視線を一身に集めてしまいそうな空気。そして琴絵が憧れているらしきジュリアンナとの決戦を控えているというシチュエーション。太一は勝手に因縁めいたものを感じた。

「このままでは全然ダメです！　今日だって……私たちの力が足りず満員にはなっていません！　正直、団体力でもジュリアンナたちに負けています……悔しい！」

無意識に投げつけたのであろうマイクがマットに当たり、音を拾った。真萌瑠はハッ！　としてそれを拾う。正面に向き直り「本日はどうもありがとうございました！」と硬い笑顔で挨拶すると四方へ深くお辞儀をした。入場曲が流れ、花道を去っていく。緊迫の空気から解放された観客は、やっと拍手を送ることができた。場内アナウンスが本日の来場への感謝を伝えると拍手はもう一度盛り上がる。鳴りやむと、観客は一斉に立ち上がった。

太一の隣の男も「痛たたた……」と腰を押さえて立ち上がる。そのとき太一は気がついた。まだ何かの続きを待っているような空気が会場内に充満していることに。見ると、ほとんどの観客が会場端のグッズテーブルに幾重にも列をなしている。関係者通用口のドアから数人の選手が出てきて、グッズテーブルで物販を始めた。購入者と会話を交わし、握手をしたり、サインを書いたり、写真撮影に応じたり。太一には、先日テレビでたまたま見た地下アイドルのドキュメンタリー番組を思い出させる光景だった。真萌瑠もあそこに立つのだろうか。ということは彼女と話ができる……すると今度は、全身が汗で輝いている真萌瑠が姿を現した。まだ呼吸が整っておらず両手で胸を押さえ深呼吸しながらテーブルに近づいていく。

隣の男は「あああー、今日ぎりぎりに来ちゃったし、真萌瑠ちゃんご機嫌斜めだから怒られちゃうかなあ？　怖いなあ！」と、またもや独り言をいい始めている。コイツは頭がおかしいのか？　彼女がお前のことなんか知っているはずが……そのとき思い出した。そういえばコイツは「まもるちゃんがとってくれた席」とか言ってはいなかったか。さらに、チケットを買ったとき女性スタッフに「誰か選手ですか？」と尋ねられたことも同時に思い出す。そうか、あれは選手にチケットの取り置きを頼みましたか？という意味だったのだ。コイツはきっと、本当に真萌瑠からチケットを購入していたのだ。女子プロレスは、そういうことが可能な世界なのだ。地下アイドルと同じように。ということは、親密になるチャンスがいくらでも……。

「よし！　覚悟を決めて真萌瑠ちゃんのとこ行くか！」

隣の男が一段一段ゆっくりと雛壇を降りて列に向かう。ずり落ちかけたズボンから半ケツが覗いていた。太一も真萌瑠に近づいてみたかったが、列に並ぶには抵抗があった。地下アイドルの番組の同じようなシーンで、もの欲しそうに列に並ぶさえない男たちを「バカかこいつら!」と笑い飛ばしていたからだった。それでも、このままおとなしく帰ることもできない。それは、好きな女の子が放課後に居残っている教室からなかなか立ち去れなかった、あのときの感覚。どうしようか?

太一は列には並ばず、少し離れた場所から真萌瑠を眺めた。そのうちだんだん人が減り、そろそろ終了の雰囲気が漂い始める。列の最後の人が「真萌瑠ちゃん、ガンバ!」と、奇妙なポーズをとり去っていく。と、真萌瑠がふいに太一を見た。目が合う。

「こんにちわ!」

声をかけてきた。さっきまでのリング上とは別人のような笑顔だった。

「あ……ち、ちわ!」

心の準備などしていなかった。とはいえ、どんなにタイプだろうと二十歳の娘にリードされてしまっている自分に驚いた。

「ポートレートいかがですか?」

笑顔。太一は誰も自分に注目しているわけでもないことを確認すると、真萌瑠のテーブルに近づいていった。ほのかに香水のかおりが漂ってくる。青い透明な瓶が頭に浮かんだ。

「うわ……近くで見るとさらにかわいいね」

それは太一の本心だった。やっと自分のペースのスタートラインに戻れたような気分。真萌瑠は「ありがとうございます！」と嬉しそうで、それも本心のような気がした。テーブルにポートレートが並んでいる。髪が頬に張りついている横顔の一枚があった。

「これ、いいかな？」

いい歳こいて俺は何してん……だけどいいぞ！　こんな自虐的なことを考えられるのは自分のペースを取り戻し始めた証拠だ！　などと考えると、口角が微妙に吊り上がりそうになる。

「はい！　サイン入れますけど、お名前は何様でしたでしょうか？」

「俺、太一さん。太いに一！」

「はい、太一さん！」

おどけながら伝える。完全にペースを取り戻したと確信した。

テーブルの上でサインをする真萌瑠。くの字に折った体。胸の谷間が覗いている。サインの下に『太一さんへ』と書き「またお願いしまーす！」と右手を差し出してきた。

太一の頭に「営業」という言葉が浮かんだが、大切なものをそっと包み込むようにその手を握り返す。これからこれから……自分にそう言い聞かせながら。汗で湿った真萌瑠の右手。柔らかいけれども芯が通っており、容易には屈しない手のような気がした。太一はその手を握ったまま尋ねた。

「あのさ、チケット頼んだりできるのかな？」

「はい、大丈夫ですよ！　次回からあたしにDMくださいね！」

やはり直接連絡がとれるのだ。

「これからずっと真萌瑠ちゃんに頼むから、末永くよろしくね」

「ありがとうございます！」

名残惜しさが伝わるように、太一はゆっくりと手を離す。最後に尋ねた。

「一応確認……俺の名前は？」

「太一さんです！」

なんだよ、ちょろいもんじゃないか！　これならきっと……太一は「ある世界」へと妄想を駆け巡らせる。

帰りの電車。太一は真萌瑠のSNSに飛んだ。Twitterをフォローする。たまに世の中への不平不満を書き込む程度にしか使っていないのであまり詳しくはなかったが、どうやら本当にDMを送れるようである。これで真萌瑠と繋がった。過去の投稿にも目を通し、気に入った写真はすべて保存する。気がつくと、あっという間に自宅のある八王子駅に到着していた。

夕刻に自宅に着くと琴絵の部屋へ直行し、プロレス雑誌に真萌瑠の写真を探しまくった。今日琴絵が仕事から戻ってくるのは夜十時を過ぎることは把握している。雑誌をめくるうち、ジュリアンナの所属するレディ・スターズに比べ、真萌瑠の所属するBeginningは紙面上での扱いが極端に少ないことを知った。二か月後、強大な敵に立ち向かうという真萌瑠の言葉の意味がより理解できた。そういった知識が一つずつ増えていくにつれ、太一の中で真萌瑠の存在とその先の「ある世界」がだんだんと膨らんでいく。琴絵が女子プロレスの何に影響されたかという本題など、すっかり頭から消えていた。

スマホに収めた真萌瑠の写真を眺めながら、居間で一人酒を飲んだ。外が暗くなり息子の翔悟がどこからか帰ってきた。しかし、中学を出てから高校へはいかず、それ以来なんとなく口を利かなくなったので会話もなく二階の自室へ上がっていった。十時を過ぎると、琴絵が帰ってきた。

「飲んでるの？」

琴絵が女性用フィットネスジムを開いて以降の日曜日は、各々好きなように過ごすことが慣例となっていた。なので翔悟は近所のファミレスなどで食事を済ませてきているようだったし、太一はコンビニ弁当で適当に済ませ早々と寝ていることが多かった。

お前さ、真萠瑠って知ってる？

女子プロレスの？　あのかわいい子がどうかしたの？

いや、申しわけないいんだけど実はあの子、俺の……

ハッ！　と我に返る。妄想の会話だった。琴絵が上着を脱ぎハンガーにかけている。下にはタンクトップを着ていた。たまに横目で見かけるつど、どんどん進化していく肩の筋肉。

「チッ……寝る」

「あ、そう」

琴絵がジムを開いて以降、二人の会話は減っていた。二階へ上がった太一は、自分の部屋に入りドアを閉めると外に聞こえない声で吐き捨てた。「当てつけで見せてんじゃねえよ！」何への当てつけ？　それは深く考えたくはない。真萠瑠のポートレートを取り出し、ベッドに横たわった。唇に唇を重ね、気分を落ち着かせる。そのままスマホで真萌瑠の写真を眺める。さらにBeginningのHPで、今度の金曜日はたまたま真萌瑠の誕生日で、新宿の飲食店で誕生日イベントが開催されることを知った。イベント開始は仕事が終わっているはずの時間だ。まだ参加者を募集している。参加希望フォームのボタンを押した。

翌日。帰りに真萌瑠への誕生日プレゼントを買おうと決めた太一は、会社でも朝から気分がよかった。と、机の上のスマホが振動した。電話の着信。『たっちん♡』と表示されている。あぁ、昨日からコイツのことすっかり忘れてたわ……スマホを手にとりしばらく眺めているうち、何が『たっちん♡』だよ？　とバカに思えてきた。着信拒否のボタンを押す。いきなり気分が悪くなった。いつのころからだろう、浮気相手のレベルが着実に下がってきていると実感し始めたのは。歴代の浮気相手を時系列順に並べてみると、現在に近づくにつれだんだんと格落ちし、落ちたいちばん先に『たっちん♡』の顔がある。付き合う相手のレベルが自分のレベルなのだろうか。身分相応。そんな言葉が勝手に頭に浮かんでくる。なぜか琴絵の顔まで頭に浮かび……くそっ！　無意識に机を叩いていた。何してんだ！　と上司に怒鳴られ、すみません！　と謝っていた。

仕事を終え、太一は銀座へ向かいかけた。しかしやはり若者へのプレゼントなら渋谷か原宿だろうと思い直し、結局、渋谷でプレゼントを買った。

金曜日。押し付けられそうになった残業を「家庭の事情で」と断ったさい、そういえば昨日は琴絵の誕生日だったと気がついたが、カバンの中の真萠瑠へのプレゼントを確認した瞬間に忘れていた。

新宿。誕生日イベントの会場は歌舞伎町の一角にあった。コの字形のカウンターと四台のテーブルがある店内はすでに多くのファンであふれている。参加者全員が男だった。壁にプロレスのポスターやサインがたくさん貼られているので、普段からファンが集まるそういう店なのだろう。カウンターに席をとった太一に、先日の太った男が「お久しぶり！　おたくもすっかり真萠瑠ちゃんが尊くなっちゃったのね？　ククク！」と声をかけてきたが、呼吸を止めて無視した。

三十人ほどのファンが集まったところで、店長らしき男の仕切りで開会が告げられた。大拍手の中、カウンター奥の扉から真萠瑠が姿を現した。純白のドレスに身を包み、白い羽でできた髪飾りをのせ、主張のない化粧が淡い衣装と一体化している。髪の薄い中年男が「Winkの翔子ちゃん意識した!?」と叫んだが、周囲の反応も薄かった。明らかに緊張気味の真萠瑠だったが、地声でゆっくりと喋り始める。香水のかおり。

「えー、本日はお忙しい中、私のために、こんなにお集まりいただき、本当にありがとうございます！」

リング上でのマイクとは別人のように、たどたどしかった。太った男が「かわいい！」と叫ぶと何人もがそれに続いた。太一は心の中で「うるせえな、聞こえねえだろ！」と吐き捨てた。

「えー、このあと乾杯したら皆さんの方へ回りますので、楽しくいっぱいお話ししましょう。では、乾杯しまあーす！　皆さん、グラス持ちましたか？」

いつの間にか太一の目の前に、注文しておいたハイボールが置かれていた。誰もがすでに乾杯の態勢に入っている。太一は慌ててグラスを掴もうとしたが、あせって倒しそうになったのをすんでのところで回避した。その様子を見守っていた真萌瑠は「大丈夫ですか、太一さん？」と、顔を覗き込み微笑みかけてきた。

「ああ……大丈夫！」

一瞬、店内すべての視線が太一に注がれた。

「はい！　では皆さん、今日はありがとうございます……かんぱあーい！」

「乾杯ーい！」

「二十一歳！」

「真萌瑠ちゃんおめでとう！」

店内の盛り上がりをよそに、グラスを持つ太一の手は震えていた。真萌瑠は、俺にだけ特別な気の遣い方をしてくれた。もう少しだ。恋の成就……そして……その先の「ある世界」へ……太一は真萌瑠へのプレゼントをいつ、どのタイミングで渡すかを真剣に考え始めた。そこにすべてがかかっている。きっとプレゼントタイムがあるはずだが、彼らと同じようになどは絶対に渡さない。いつ、どのタイミングで……その日、パーティーは日付が変わる直前まで続いた。

翌日、土曜日。会社は休みだった。昨夜、終電で帰宅した太一はその後も真萌瑠の残像に話しかけながら明け方まで飲み続けた。スマホの着信音で目を覚ますと、カーテンの隙間から強い陽射しが射しこんでいる。重たい頭でスマホを見る。真萌瑠のTwitter更新のお知らせだった。

［真萌瑠］　昨日はmy Birthday partyにたくさんきてくれてありがとー☆今日は朝からある撮影にきているよ♪

どこかスタジオらしき場所での自撮り写真が添付されている。

「……ああっ！」

真萌瑠の唇が、真っ紅に染まっていた。昨夜、太一がプレゼントした口紅に違いなかった。かかってきた電話を受けに真萌瑠が外へ出たタイミングを見計らい、通話が終わるのを待ち手渡したのだった。

「真萌瑠ちゃんの唇、俺の好きな色に染めさせてくれたら嬉しいんだ！」

そう伝えて渡した口紅を早速使用し写真まであげている。太一が思い描いていた通りの展開だった。

「うおおおおおー！　やった！　やったあああああ！」

すぐさま、初めて真萌瑠のツイートにコメントする。

［TAICHI］　真萌瑠ちゃん！　プレゼント気に入ってくれた？　やっぱ思った通りよく似合う！　今度の新木場のチケットDMするから、よろしくね！

しばらくして、太一のコメントに真萌瑠からのイイネがつけられた。ひとつひとつ、太一の中で確信が積み上げられていく。真萌瑠からの赤いハートのイイネがつけられた画面をスクショし、スマホの待ち受け画面にした。もうすぐだ、ある世界へ……そうすれば俺は……早速ＤＭでチケットの注文をする。

『真萌瑠ちゃん、太一だよ！　口紅気に入った？　写真見てむちゃ嬉しくなったよ！　ところでチケット、今度の新木場いちばん前をよろしくね！』

返事はすぐにきた。

『昨日はいろいろありがとうございました。チケット、了解です☆　よろしくお願いします♪』

口紅のことについてもっと触れてもらいたかった。さらに返事を書く。

『チケットよろしく！　もしよかったら今度あの口紅つけた俺だけの写真送ってくれない？』

返事はしばらくこなかった。さすがに図々しかったか？　と不安になったそのとき、通知音が鳴った。

『すみません！　ＤＭでチケット以外のお話すると会社にすごく怒られちゃうんです！』

なるほど、真萌瑠も辛い立場なわけか……確かに、男ばかり相手の商売では会社も選手を守らなくてはならないだろうし。ならば

『じゃ、ＬＩＮＥ教えてくれない？』

すぐに返事。

『本当にごめんなさい！　そういうの全部だめなんです！　コメしてくれたらリプします！』

さすがにこれ以上お願いするのも大人げないと判断し『わかった、いろいろごめん！ところで休みの日なんか何してるの？』と送ったが、返事はそれっきりこなくなった。

「……なんでだろ？」

ベッドに胡坐をかき腕を組み、返事がこない理由を考える。部屋に射す陽射しの角度が変わってきた。それでも返事はこない。ＤＭのやりとりを見返してみる。

「ヘンなこと送ってないしな？」

何か起きたのではないかと真萌瑠のＴｗｉｔｔｅｒ投稿に画面を変えてみた。

「そうか、いま撮影だからか！」

深く納得した。

「あ……そうだ！」

肝心なことをまだ終えていなかった。Ｔｗｉｔｔｅｒのアイコンを、カメラを覗き込むように微笑をたたえるお気に入りの自撮り写真に設定する。これで誰にも公認だろ。

公認？　何のだよ！　笑いが止まらない。琴絵もＴｗｉｔｔｅｒは見ているはず。いつか真萌瑠とのリプのやりとりに気がつくかもしれない。琴絵だけではなく、自分を知っている誰もが知ることとなるだろう。そのときこそは……。

九月七日

［真萌瑠］　今日は久々に一日お休みです☆いまからスマホで大好きなディズニーの映画を見るよ！　何にしようかな♪

［ＴＡＩＣＨＩ］　映画、俺はマーベル好きだよ、特にアイアンマン！　ディズニーもいいけど俺に騙されたと思って一度見てごらん！　絶対感動するから！

［真萌瑠］　太一さん、ありがとうございます♪　今度いつかみてみます！☆

［ＴＡＩＣＨＩ］　マーベルのことならなんでも俺に聞いていいよ！

［真萌瑠］　はい、ありがとうございます☆　いまからアナ雪みます！でわ♪

［ＴＡＩＣＨＩ］　楽しんで！

この日。琴絵のインタビューが掲載された八王子のタウン誌を居間のテーブルに見つけた出社前の太一は、それをこっそりカバンにしまうと会社の便所でビリビリに破き、窓の外へ放り捨てた。

九月十一日

[真萌瑠]　いまからスタッフの松澤さん（♀）とある用事で横浜へ☆終わったら、、、ふたりでデートなのです♪

[ＴＡＩＣＨＩ]　なんの撮影？　気になるな…横浜は俺の地元！　いつか案内してあげるよ！

[真萌瑠]　ありがとうございます☆

[ＴＡＩＣＨＩ]　次はいつ行くの？　横浜？

[ＴＡＩＣＨＩ]　返事ないわ（悲）

[真萌瑠]　すみません！　未定です☆

[ＴＡＩＣＨＩ]　ＯＫ！　忙しいだろうけど体壊すなよ！

この日。太一は明け方まで、横浜のデートスポットを検索しまくった。

九月十四日

［真萌瑠］　函館でお世話になったKさんにカニを送っていただきました！☆　いつもありがとうございます♪
［TAICHI］　Kさんて誰？　気になる書き方じゃん
［TAICHI］　また返事ないわ（悲）
［真萌瑠］　Beginningのみんながお世話になってる水産会社の社長さんです！
［TAICHI］　社長さんかよ…なんかがっかり
［TAICHI］　おいおい、またか（怒）
［TAICHI］　信じてるぞ

この日。同期が集まり、営業部長に昇進した仲間の祝賀会がおこなわれたが、太一だけは参加しなかった。

九月十五日
［真萌瑠］　今日はすごく落ち込んでます☆　悲しすぎる、、、
［TAICHI］　どうした？　何かいやなことあったらいつでも相談に乗るから！
［真萌瑠］　もう大丈夫です！

［ＴＡＩＣＨＩ］無理するな、俺に言ってみ！

［ＴＡＩＣＨＩ］どうした？

［ＴＡＩＣＨＩ］忙しいか？

［ＴＡＩＣＨＩ］明日の新木場で聞いてやるから。俺が元気取り戻してやるよ！


太一は再び新木場に来ていた。受付で「真萌瑠の取り置きね！」と周囲のファンが振り返るほどの大きな声でアピールする。いちばん高い最前列のチケットを受け取り記された席番を目にすると、ここに座ることが真萌瑠のステージを創り上げる自分の役割である、という使命感が芽生えた。

試合後。メインのシングルマッチに勝利した真萌瑠のグッズテーブルには、相変わらず多くのファンが並んでいた。太一は前回と同じように、販売終了直前に真萌瑠の前に立った。

「よっ！　一般ファンもう終わった？」

「あ……」

香水のかおり。一瞬、真萌瑠の表情が曇ったような気がしたが、それは試合で喰らったダメージのせいだった、太一にとって。

「大丈夫か？　試合、激しかったもんな！　で、落ち込んでたけど何があったんだ？」

「もう大丈夫です、ありがとうございます」

「本当に大丈夫かあ？」

「はい、ありがとうございます！」

「あとさ、試合のときも俺の口紅つければいいじゃん！」

真萌瑠の後ろで現金を数えている女性スタッフが、何か言いたげな顔で太一を見ている。もう終わりますので、と声をかけてきた。

「はいはい、買いますから！　えーと……今日はどの真萌瑠にしようかな？」

砂浜で撮影された水着姿のポートレートを買った。サインの下に太一ＬＯＶＥと書くよう指示すると、真萌瑠は少し考えてから「太一」「ＬＯＶＥ」と、上下に分けてそれを書いた。

「じゃ今日は俺も写真撮るぞ？　ピースを目のあたりで横にして……そう、指の間から目が覗くように……そうだ！　これから俺が写真撮るときは必ずそのポーズ……約束な！」

そのとき太一は背後からの視線を感じた。太った男をはじめ、真萌瑠Ｔシャツを着た数人のファンが無言で視線を送っている。憐れなる羨望の眼差しだった、太一にとって。優越感のうちに、無視する。スタッフの「終了しまーす、ありがとうございました！」という声が場内に響く。太一は「じゃ、また連絡するから！」と右手を差し出すと、真萌瑠は微妙な間ののちに手を合わせてきたので、太一はそれを強く握り返した。真萌瑠にウインクし、右手をかざしながら太った男たちの間を悠々とすり抜け会場をあとにした。

真萌瑠対ジュリアンナまで、あと一週間。この日、Beginningは新木場よりも規模の大きい新宿ＦＡＣＥでの興行だった。歌舞伎町のど真ん中、ビルの七階にある会場。エレベーターを降りると目の前に受付があった。やはり真萌瑠に頼んでおいた最前列のチケットを受け取る。必須ドリンク代としてチケット代とは別に五〇〇円を払うと、引き換えコインを渡された。大学時代、よく通ったライブハウスがそんなシステムだったことを思い出しながら、コインをレモンサワーと交換し会場に入った。

「へえ……」

ビルの七階とは思えない広さだった。あえて灯りを落としているのであろう薄暗い場内に、四方上空からのライトに照らされたリングが神々しく鎮座している。ピンスポ機材。整然と並ぶ黒いパイプ椅子。左右二面に設置されたスクリーンでは、ちょうど真萌瑠のグッズCM映像が流れていた。新木場1stリングが場末のアングラ空間だとしたら、この新宿FACEは世界有数の歓楽街にある秘密のミサ空間だと感じた。

試合開始まで、まだ二十分ほどあった。席でレモンサワーを飲み切ると、もう一杯ほしくなった。席を立ち売店に向かう途中、何人かが輪になり立ち話をしている。先日の新木場で羨望の眼差しを向けてきた集団だった。太った男と目が合うと、男はハッとした様子で「……きたぞ、あいつ！」と叫んだ。全員が太一を睨み、そのままどこかへ立ち去っていく。

「なんなんだよアイツら……」

上がっていた気持ちが一気に落下した。気分悪りぃな！　キモオタのくせによ！　俺に嫉妬してんじゃねぇよ！　心の中で反撃するも、レモンサワーを手に席に戻る自分を想像するとみじめになり、そんな姿を彼らに見られたくなく何も買わずに普通を装い席へ戻った。真萌瑠vsジュリアンナの決戦直前ということで注目を集めるこの日、観客席は超満員だった。

第一試合が始まったが、太一の頭の中では「……きたぞ、あいつ！」という言葉がリピート再生され続けていた。彼らがこの客席のどこかから自分を睨みつけているような気がして集中できない。それでもメインのシングルマッチに真萌瑠が登場すると、曇天な心は一秒ごとに晴れていった。

試合が終わり、勝利した真萌瑠はマイクを握った。

「いよいよ私のプロレス人生最大の決戦まで、あと一週間です！」

飛びまくる声援に四方を見渡す真萌瑠。一瞬目が合った気がした太一は「こここ！」と叫びながら手を振ってみたが反応はなかった。真萌瑠はそのままマイクを続ける。厳しい顔。

「私はいま、この状況に全然満足していません！　私自身も、このBeginningも、来週私がジュリアンナに勝つことでもっともっと変わっていけると思うんです。なので皆さん！　どうか応援に来てください！　今日は本当にありがとうございました！」

この日、最大の声援が送られる。太一には「皆さん」という言い方が気に入らなかった。まだ厳しい顔で花道を引き揚げる真萌瑠に太一はもう一度大きく手を振ってみたが、視野にはまったく入っていなかった。


私はいま、この状況に全然満足していませんそれってさ、いま応援してくれてる人たちに失礼じゃない？　俺にも。

太一は、真萌瑠とのそんな会話を頭の中で何度も妄想する。さっき、真萌瑠の眼は遥か彼方の未来を見据えていた……だから自分など視野に入っていなかった……そういうことなのだろうか。そういうわけにはいかねえだろ。じゃ、俺はどうなっちまうんだよ……気がつくとロビー売店ブースまで歩いてきており、いつものように机の向こうに立つ真萌瑠の前には長蛇の列ができていた。先頭の方にさっきの集団がいたので、太一は柱の陰に隠れしばらく様子を見た。

割とすんなり最後の客が購買を終えた。例の集団は遠くで輪になりファン同士で話に夢中になっている。

「真萌瑠！」

「あ……こんにちわ……」

香水のかおり。

「いよいよ来週じゃん、調子よさそうで俺もホッとしてるよ！」

「ええ、まあ……」

「何か俺にできることあったら遠慮なく言ってよ」

「はい、ありがとうございます……」

さすがに、うわの空な返事をされているような気がした。

「あのさ、真萌瑠……気合入れるのもいいんだけどさ」

「はい……？」

「俺の前ではリラックスしろよ。今日はお前のTシャツ買うよ、来週の後楽園それ着てくからさ」

「ありがとうございます」

「どれか俺に似合うやつ選んでよ」

何種類かある中から真萌瑠は『MAMORU』と白い文字の入った紫色のシャツを選んだ。

「やっぱさすが真萌瑠だよ！　もし買うならこれだなって俺も前から思ってたわ！」

「はい」

太一には一瞬、真萌瑠が無機質な白い人形のように思えた。

「あのさ、真萌瑠」

「はい」

「はい、しか言えないのか？」

「えっ……!?」

不穏な空気を察し、真萌瑠の後ろで現金を数えていた女性スタッフが怪訝な顔で太一の顔をうかがい見た。

「あ、悪りぃ……ま、いいや……真萌瑠、じゃ最後に一枚いいか？」

「はい」

太一がスマホを向けると、真萌瑠は両手を握りガッツポーズで構えた。

「おい、そうじゃないだろ！」

「……えっ!?」

太一の大きな声に真萌瑠は首をかしげた。

「俺がカメラを構えたらピースを顔の前で横にするって言っただろ！」

すると真萌瑠は一拍置き、

「はい、そうですね」

と従った。しかし太一は、その態度に投げやりさを感じた。

「おい、あのよおー！」

「な……なんなんですか！」

真萌瑠ではなく、女性スタッフが動揺して叫んだ。周囲のファンが一斉に振り返る。

「さっきの言葉もよー！　いま応援してくれてる人たちに対して失礼なんじゃない？　特に俺に対して！」

真萌瑠は動じず、太一を睨みつけた。向こうにいた集団が「なんだなんだ!?」と駆け寄ってくる。興奮し肩で息をする太一。それを睨む真萌瑠。動揺するスタッフ。それはどう見ても、太一が何かムチャを仕出かしたに違いない光景だった。太った男が太一ににじり寄った。

「あのう、おたく……悪名高いんですけど、いい加減にしてもらえません？」

いつの間にか大勢のファンに周囲を取り囲まれている。太一は事の重大さにやっと気がついた。太った男は冷静に続ける。

「まずおたく、変なリプやめてもらえません？　真萌瑠ちゃんの誕生日に口紅あげたんでしょ？　そこから勘違い始まっちゃってますよ。あるスタッフさんから聞いたんですけど、誕生日の翌日に真萌瑠ちゃんがあげた写真はメイクさんが用意した口紅なんですって。だけどおたくがあんなリプしちゃったから、真萌瑠ちゃん申しわけなくて辛い思いをしたって。この前の新木場でもそのこと勘違いされてましたよね？」

「な……なにっ!?」

真萌瑠を振り向くと、さっきよりも鋭い目で太一を睨みつけている。そして太った男の次の一言は、太一を崩壊させる決定的なトドメとなった。

「おたく、もしかして……」

太った男のメガネの銀縁がギラリと光った。

「真萌瑠ちゃんとお近づきになれば自分もすごくなれるとでも勘違いしてません？」

太一の頭上に、世界が回転しながら落下してきた。たかがキモオタごときに投げられた小さな石ころに完全陥落した「ある世界」が。

「ほざく……な……キモオタ……のくせに……」

全身を小刻みに震わせる太一に、太った男は容赦なかった。

「へえ、じゃあさ……そんなにエラいおたくは何様だっていうのさ？　確かにボクらはキモオタといわれても仕方がないよ。だけどおたくみたいに好きな人の迷惑にならないようには応援してる。なんならキモオタとおたくのどっちの方が迷惑か真萌瑠ちゃんに聞いてみる？」

「……！」

太一が振り返ると、すでにそこに真萌瑠の姿はなく、スタッフにせかされ小走りに去っていく背中が、遠くに小さく見えていた。

太一は帰宅するなり、玄関に崩れるように倒れこんだ。近づいた琴絵は酒臭さに顔をしかめる。太一は、ろれつの回っていない声をひねり出した。

「お前……あのさあ……お前さあ……俺をぉ……バカにしてんだろ！　あんなヤツなんでもねえって！」

琴絵は返事をせず、ただ眉間に深い皺を寄せた。

「いまぁお前はぁ……俺よりカネ稼ぐしぃ……じゃ俺はなんなんだよ！」

琴絵はポツリと答えた。

「わからない……」

ぐにゃぐにゃだったはずの太一の背筋がビシュッ！　と伸びた。しかし、中心軸は曲がっている。怒りが目的地へ向かわず暴発している目付きで琴絵を睨みつけた。

「おら、やっぱバカにしてんだろ！」

それでも琴絵は毅然と、ゆっくりと左右に首をふりながら言った。

「わからない……いまうちって一応は円満でしょ？　家庭が崩壊するほどの問題って何かある？　それなのに、あなたがそれ以上の何を求めてるのか？　あたしにはちっともわからない」

太一は、壊れた。

「お前はいいよ！　お前はいいよ！　だけど俺はどうなるんだよ？　あー！　お前はいいよ！　お前は……」

お前はいいよ。壊れたオウムのロボットのように、太一はその言葉を延々と繰り返した。

翌朝。内臓から逆流し口腔内にドブ色の渦を巻くヘド臭に、太一は目を覚ました。まだ末梢の血管にまでなみなみと残っているアルコールに四肢末端が震え、枕元にあるはずのスマホに伸ばす手が定まらない。やっと触れた。霞む目で確認すると、真萌瑠からのＤＭを見つけた。震える指先でボタンを押す。

『すみません。会社の指示と自分の意思です。もう私にチケット注文しないでください。そしてこれからは動画配信でBeginningを楽しんでください』

霞む視界に映る光景が水没していく。すべては終わった。

六日後。太一はサングラスとマスクを着け、後楽園ホールのリングからいちばん遠く離れた南側最後部客席に座っていた。もう手の触れられない遠い世界にいってしまったとはいえ、真萌瑠とジュリアンナの一戦だけはどうしてもその目で観ておきたかった。

それにしても、新木場と比べた新宿FACE。そこからさらに比べた後楽園ホールの立派な造りには本物のプロの世界を感じた。広さも、照明も、そこに漂う空気感も、これまでの会場とは比較にならない。新木場をホームグラウンドとするBeginningと、後楽園ですら数多い試合の通過点に過ぎず、三〇〇〇人規模の会場ですら頻繁に興行をおこなうレディ・スターズとでは団体規模としても比較にならないことが実感できた。それは選手のレベルにも通じることなのか。Beginning以外の女子プロレスを見たことがない太一にはなんとも判断がつかなかった。この日の興行はレディ・スターズの主催で、真萌瑠は団体の威信をかけ単身乗り込んでくるシチュエーションだった。

まもなく試合開始というころ。やけになじみのある女性が最前列に座るのが見えた。琴絵だった。意味がないことはわかっているが、太一はあらためてサングラスとマスクの位置を正した。

試合開始。第一試合はレディ・スターズの新人同士のシングルマッチだった。両選手がリングに登場した瞬間、これまで観てきた女子プロレスとは輝き度合いから別物であることが太一にもわかった。

第二試合、第三試合と続くにつれ、さらに強い輝きをたたえたレディ・スターズの選手たちが登場してくる。最後に現れるジュリアンナはいったいどれほど？　いよいよメインイベント。太一はそれを目の当たりにすることとなった。

花道に姿を現したジュリアンナは、宝石でできた人間のようだった。ゆったりと歩みを進めるたび、周囲に砂金がキラキラと舞い散るのが見えるような。リングインすると、彼女一人にだけ全観客の視線が集まり、誰しもの視界の端に真萌瑠の姿は小さく小さく映っているはずだった。真萌瑠に焦点を合わせようと試みたが、ジュリアンナの引き付ける力が強すぎる。やっとまともに目にできた真萌瑠は明らかに脅えており、闘わずして負け始めていることは誰の目にも明白だった。太一の隣の席。レディ・スターズのロゴシャツを着た中年男が叫ぶ。

「役者が違うわ！」

そしてジュリアンナは、わずか二分十二秒で真萌瑠に圧勝した。太一は、強くて美人で、こんなに大勢のファンに支持されているジュリアンナが自分の彼女だったらどんなに鼻が高いだろう、どんなに自分もすごいと思われるだろうと、そんなシーンの数々を妄想した。開き直りから、いまや妄想の展開に遠慮はなかった。興行終了後、Beginningのロゴシャツを着たファンが会場のあちこちで暗い顔をしている。例の集団が輪になって嘆いているのを発見し「ざまあみろ！」と吐き捨てた。

太一は、真萠瑠が惨敗したことが嬉しかった。試合が始まる前から実力差は歴然だったのに、もし偶然にも真萠瑠が勝ってしまったらそんなラッキーな星のもとに生まれついた人間が羨ましすぎるし、仮に真萠瑠が努力の結果の内に秘めた実力で勝ったとしても、そんな辛気臭いもので順位がつく世の中になんて生きていたくはない。

それにしてもジュリアンナは格が違った。裸絞めで真萠瑠を絞め落とした瞬間、最前列の琴絵はその結果を確信していたようで特に喜んだ様子もなく、ただ右手をグッ！と握っただけだった。おそらく誰にとっても当然の結末。仮に真萠瑠自身もそれをわかったうえで闘いを挑んでいたのだとしたら……太一はその心情に思いを巡らせてみた。「もしも俺だったら……」無駄なことだった。そんな闘いに挑む自分の姿なんて微塵も浮かんできはしない。無謀なこと、辛そうなこと、努力のいることは賢く避け続けてきたこれまでの人生だったのだから。さあ、これで本当にすべては終わった。帰ろう。サングラスとマスクをもう一度正し、群衆に紛れエレベーターで地上階まで降りた。

地上階に着くと、琴絵がいた。試合後の余韻からまだ帰宅することに気が向いておらず、同様なファンとともになんとなくそこに居残っているようだった。太一は物陰に隠れしばらく様子をうかがっていたが、琴絵がいなくなったのを確認しマスクをはずした。と、そのとき、眼の周りを真っ赤に腫らせたジャージ姿の真萌瑠が、肩からスポーツバックを提げ、足早にエレベーターホールに現れた。

誰の視界からも逃れるように。ファンもそれをわかっており「また頑張れよ!」「ナイスファイトだったよ!」などと遠くから声をかけるにとどめている。

太一の目の前を真萌瑠が通り過ぎる。髪は乱れ、化粧は剥げていた。シャワーも浴びず控室を飛び出してきたのだろうか。いつもの香水のかおりが微かに漂うと、ひび割れた瓶が太一の頭に浮かんできた。

もしかすると、いまならいけるかもしれない。あれほど輝いていた真萌瑠が、いまは自分と同じみじめな同類なのだから。それでも真萌瑠は必ず甦るであろう。ならば、捕まえておくならいましかない。太一は、言葉をかけたい気持ちを抑えきれなくなった。いまなら差し出されるどんな手にでもすがるに違いない。これはきっと、神様がくれた最後のチャンスだ。太一は走った。エレベーターホールの外。後楽園遊園地敷地内。ファンの連中がどこかで見ているかもしれないが、もうそんなことは関係なかった。

「真萌瑠!」

振り返り立ち止まった真萌瑠の眼は真っ赤に吊り上がり、表面張力を失った涙があふれていた。太一はサングラスをはずした。

「太……！」

逃げ出そうとする真萌瑠の腕を捕らえ、太一は一気に勝負をかけた。

「お前は充分頑張った！　やり直そう！　付き合ってくれ！」

太一の手の中で、真萌瑠の腕は抵抗をやめた。スローモーションのように太一へ向き直る。見つめ合う二人。

「真萌……」

しかし
「テメえなんか死んじまええええ！」

「……！」

「他人でテメえの人生満たそうとしてんじゃねえぞバカヤロー！」

周囲に人だかりができていた。真萌瑠は「どけえええ！」と叫び人垣を押しのけ、水道橋駅方面へと走り去っていった。

「またあいつだ！」「性懲りもなく！」「いい加減にしろ！」

人垣にはファンも大勢いた。太一をスマホで撮影する者。太一を非難する声も轟々と飛んでくる。

「あなた！」

人垣から聞き覚えのある声が聞こえた。琴絵の顔。それは、王妃に呪いをかけそこない群衆に八つ裂きにされる呪術師を、草むらの陰から偶然目撃してしまったその妻のような顔だった。太一は逃げ出した。しかし……どこへ逃げたらいいんだ！　家には帰れない！　プロレス会場には当然いけない！　会社……もしもこの噂が広まっていたら……アイコンに自撮り写真など使わなければよかった！　「うあああああ！」恐怖から逃れようと、絶叫しながらどこまでも逃げ続けた。


「おかえりなさい」

日付が変わり。音を立てないよう太一が玄関を開けると、琴絵はまだ起きていた。小刻みに震え立ち尽くす太一に、琴絵はじっと視線を送る。感情が読み取れない。太一は震える両手で頭を抱えその場にしゃがみこんだが、それは膝が抜けただけかもしれなかった。琴絵が何か言っている。

「いいから……何も聞かないから」

太一の総身から力が抜け、ガクッ！　と崩れ四つん這いになった。琴絵が自分を責めなかったことが逆に耐え難く、恐ろしかった。「死にてえええ！」もうこのさいブタになってもよかった。「いいの、もういいの」近づいてきた琴絵は、四つん這いで震える太一の背中にそっと手を置いた。

「真萌瑠みたいなかわいい子の彼氏になりたかったんでしょ？　羨ましがられたかったんだよね？」

滴り落ちる涙と鼻水。もうブタ以下でも何でもよかった。

「なら大丈夫……あたしはなるから」

「な……な……」

琴絵の言葉に理解が追い付かない。

「これは、みそぎだと思った、たったいま」

太一はなんとか顔を上げた。琴絵の顔がすぐ近くにある。菩薩に見えた。

「み、みそぎ……何の？」

やっと言葉を発せた太一は、すっくと立ち上がった琴絵を四つん這いのまま見上げた。天井からの光を浴び、後光が射しているように見える。琴絵はもう一度「みそぎ……」とゆっくり口にすると、その後を一気にまくしたてた。

「できちゃった婚して、すべてを妥協し生き続けてきてた、あたしの」

復讐の菩薩……四つん這いを支えていた最後の腕の力も消失し、太一の額は三和土に激突した。そんな二人を階段の上から、翔悟が無表情に見下ろしていた。

翌日。何事もなかったかのように太一は普通にスーツを着て、普通に会社へ出かけていく。

「いってらっしゃい」

「お……」

琴絵は昨夜のことなど記憶から消えたかのように振る舞っているが、それが太一には耐えられなく足早に歩き出した。と、ポケットの中でスマホが振動した。足を止める。振り向くと、琴絵の姿はすでに見えない。無防備にスマホを取り出す。『たっちん♡』からのＬＩＮＥだった。

『いい加減に返事しろ！』

長い旅から帰ってきて久々に家の中を見渡したら「こんなとこにこんなのあったな」という気分になった。返事を打つ。

『めんごめんご仕事忙しくて。今夜久しぶりにデート？』

すぐさま返事が。

『マジ⁉　じゃ今夜満足させてくれたら全部許しちゃうかも♡』
アホが……と、冷笑を浮かべながらもさらに返事を書く。
『夜七時いつものとこ』
『イエーイ！　やっぱ太一最高ぴょーん♡』
スマホをポケットにしまい込み、ついでに自虐的な笑みも浮かべてみる。

狂ってたな……昨日までの俺は。だってよ、最後のチャンスだったんだぜ、人生の。もしかしたらスゲえやつになれるかどうかの。俺自身はもうあきらめてるよ、自力でスゲえやつになるだなんて。だってよ、カッたりいじゃん。もうなれねえよ、そんなもん。だから誰かの力を借りてさ、自分をすごく見せようとしたんだけど……だめだった！　いい女とはもちろん付き合いたいさ、いまでも。だけど、その女を手ごめにした自分。そっちなんだよ、青春時代と違うのは。いまの自分にとって重要なのは。「ある世界」なんて言い方は少し大げさだったかもな。だけど、それが大人の生き方ってもんだろ。もう人生あきらめちまった大人の生き方。やってよかったわ。やりたいように。結果ダメだったけど。だけど、俺はラッキーだった。だってよ、誰もがつまらなそうな顔して生きてんじゃん。やりたいようにやれてねえからだよ。やりてえことを一度もやらねえまま生きてるからじゃん、どいつもこいつも。だから、結果ダメだったけど……つまらねえ人生は俺だけじゃねえ。誰もがもっと何かを欲して生きている。だけどほとんどのヤツが、そんなの叶わねえまま死んでいくんだよな……。

そう考えると、心が少しは楽になる。駅へと向かう太一の足取りは、昨日までよりも確実に軽やかだった。

第五話　俺は何者

「なりたい自分になれる」

自己啓発書やセミナーなど、巷にはそんな宣伝文句があふれている。しかし、なりたい自分とは何であろう。もしも地球上にひとりきりだったとしても、それでも人間は何かになりたいなどと願うのだろうか。自分以外に誰もいない地球でいちばん強くなったところで、いちばんの美貌を持ったところで、それを誰に誇り、誰に披露するというのか。とすると……人間は何かになりたいわけでもなんでもなく、何かになって他人からの評価を得たい、褒められたい。それだけなのではないだろうか？　だとしたらリングの上で「最強なのは俺なんだよ！」などというキャッチフレーズを売りにしている自分だって「あの人はすごい」と、世間に褒められたいだけの自己満野郎にすぎないのではないだろうか。

四十歳を過ぎてから、頭の中を絶えず堂々巡りしているいつもの疑問が、佐々原和彦を捕獲して離さない。大阪府立体育館第二競技場。チャンピオンにのみ用意される、個室控室の大鏡に映る裸の上半身。週に五日の日焼けサロンを欠かさない肌は、若いころと変わらず黒い。厳しいトレーニングの賜物で、腕回りや胸囲もずっと変わらず維持してきている。しかし以前と比べると、細かい部分が劣化している。特に首元。まだ若いころ、すでに引退してしまったある先輩レスラーが鏡を眺めながら物悲しそうにつぶやいていた。

「肉体の衰えは首元から現れるんだな……」

万年前座のまま引退したその先輩は、ある時期から首元と鎖骨周辺の筋肉の張りが目立って劣化し始めた。そのあたりを構成している独立した筋肉群が、麺棒でならしたのしもちのように凹凸なく平らに繋がり始めたのだ。

それ以来、佐々原はレスラーであろうとなかろうと、自然と人間の首元に目がいくようになった。すると確かにある年齢を境に、首元は真っ先に筋肉の張りが消失しやすく皺も寄りやすいということがわかった。年配のレスラーが歯を食いしばり耐える姿の写真は、すべてお爺さんのような首元をしていた。しかし当時、自分までもがそうなるとは微塵も思えなかった。あんな万年前座と俺は違うんだ！　なるはずがない！　しかしそんな首元に、四十四歳のときに自分もなった。他人にはわからずとも自分にだけはわかる兆候が見え始め、いまでは隠しようがなくなっている。そして若いころからずっとトレードマークにしている長い黒髪も、最近ではよく抜けるので短く切った方がいいだろうかなどと考え始めている。

それでも肉体が衰えようとも、リングの上でいちばん強ければそれでいい。それがニュー日本プロレスのトップの座を長年キープし続けている佐々原の哲学だった。プロレスラーである以上、強さこそがすべてのはず。なのでその座を誰にも明け渡すまいと、今日も誰よりも、若い選手以上に苛酷に自分を追い込むつもりだった。このあとも会場に観客が入り始める直前まで、リングで誰よりも激しく練習するのだ。腹周りに発汗ベルトを強く巻きつける。ちょっと油断するとすぐに目立ち始める下っ腹は特に強大な敵だ。

しかし佐々原は、こんな人生をいつまで続けなくてはならないのだろうかとも考える。強迫観念に追い回されるようなこのプロレス人生は、いったいいつになったら終わるのだろう。そもそもどうしてトップで居続けなくてはならないのか。トップのギャラを維持するため？　いや、仮にいま引退したとしても慎ましく暮らせば一生食っていけるだけの蓄えはすでにある。それに引退後もコーチやプロデュース興行開催など、細々とであれば稼いでいく道はいくらでもあるはず。やはり自分は、理屈抜きにいちばん強い者であり続けたい……そんなレスラーとしての本能のままに生きようとしている……若いうちはそんなことを考えている自分に酔えた。しかしここ十年間、頭の中で堂々巡りを繰り返している疑問の前には、そんな自分がもしかしたらバカなのではないかと強く感じてしまうときもある。


八年前のことだった。佐々原は実業家たちの会合に顔を出したことがあった。その年の夏、試合中のアクシデントで前腕を骨折し、三か月間長期欠場した。当初は落ち込んだが、この休みを前向きに捉えむしろ徹底的に下半身を強化する期間に充てようと考え始めたとき、妻の助言があったのだ。

「もういい歳なんだから引退後を見据えてサイドビジネスでも始めたらいいんじゃない？」

佐々原は猛反発した。四十歳を迎えても「最強なのは俺なんだよ！」という言葉のままに、若い選手が何度挑戦しようとも佐々原を倒すことはできなかった。いい歳？　まだまだ強い自分が引退？　そんな姿は微塵も頭に浮かんではこない。

「何言ってんだ、俺は永遠に現役だ！」

「はいはい！　だけどちょっとだけでもいいから会合に顔を出してみて。実はうちのお父さんがあなたの知名度を活かしたビジネスを紹介したいってずっと前から言ってるの、お願い！」

着慣れないスーツを着て、ネクタイを締め、佐々原は都内で開催された会合へ向かった。ミネラル浄水器を販売するビジネス。説明会を聞き、確かに多少なりとも社会的知名度のある自分なら、そこそこ儲けられるのではないかと思った。しかしそこに集まっている者たちのいやらしい顔付き。眼には¥マークが浮かんでいる。これまで自分が生きてきた世界とは別世界の住人たち。生き様が違う。やはり自分にはプロレス界で強さを極める以外に道はないと決心した。それでも会合が終わると、参加者による食事会にも参加した。佐々原が着いたテーブルには同年代とおぼしき男たちが数人座っていた。

「随分ガタイがいいですけど、佐々原さんは普段どんなお仕事をされてるんですか？」

参加者全員が胸につけたそれぞれの名札を見て、向かいの席のメガネをかけたカマキリのような男が声をかけてきた。おそらく同じことを聞きたかったのであろう全員が佐々原に注目する。プロレスラーであることは誰も知らないようだった。かつては毎週ゴールデンタイムにテレビで放送され中堅クラスでも世間に顔が知られているプロレスだったが、二十年ほど前からは深夜三十分の放送枠に追いやられるほど人気が低迷していた。佐々原が頭角を現し団体のトップに君臨したのもその時期だった。時々バラエティ番組にチョイ役で出演することもあるにはあったが、その程度で世間一般に顔が知れ渡っているはずがないことは佐々原も自覚している。

だとしても、気分が悪かった。腐っても、お前らなんかが口を利けるような俺じゃないんだぞ！　一般人の分際でプロレスラーをナメるな！　無意識に目つきが厳しくなっていたのか、カマキリは一瞬脅えたようだった。するとカマキリの隣の男が

「あれ？　プロレスラーの佐々原和彦さんじゃないですか⁉」

と、思い出したように言った。

「えっ、プロレスラー⁉」

テーブルが一斉にざわつく。

「ええ、まあ……」

佐々原は目つきが緩んだのが自分でもわかった。いくつになっても、プロレスラーであることで周囲が驚くことに悪い気はしない。カマキリは隣の男に尋ねた。

「こちら有名なんですか？」

　すると、隣の男は言った。

「有名というか……『最強は俺だ！』でしたね？　確か」

　間違っているが主旨は合っている。

「まあ……」

　佐々原は曖昧な返事をした。するとカマキリは、

「へっ……へえ？　最強とはすごいですねえ！　最強……へえー！」

　その口調には、明らかに人をバカにした響きが込められていた。さっきまでは脅えていたというのに、立場が逆転したような無礼な口調。

　佐々原には理解できなかった。最強という言葉のどこに笑われる要素があるというのか。それに、こいつらは俺が怖くないのだろうか。強い者が頂点に君臨する実力絶対主義の世界でずっと生きてた佐々原には、彼らの精神構造が理解できなかった。

「失礼する！」

　両手でテーブルを強く叩くと、テーブルの上の食器と男たちが一斉に跳ね上がる。ふざけやがって！　だからこんな会合きたくなかったんだ！　気分が悪い。最寄駅から家までの道を歩いている途中、公園で遊ぶ子供たちの声が聞こえてきた。さっきまで一緒にいた、心の腐った連中とは大違いの純粋な声だと感じた。仮面ライダーの変身ベルト

を巻いた子供が怪人役の子供たちを相手に闘っている。

仮面ライダーごっこか。俺も昔はよくやったけど、ライダー役だけは絶対に誰にも譲らなかったなあ……佐々原は足を止めてその光景をしばらく眺めた。やられた子供たちが苦しむ演技をしその場に全員倒れこむと、ベルトを巻いた子供はヒーローになりきり、さまになっていないポーズを決めて叫ぶ。

「まいったか悪者たちめ！　世界の平和は守ったぞ！」

佐々原は吹き出してしまった。あの子供にとって、この狭い公園は世界なのだ。井の中のナントカ……子供らしさに心が洗われる。続けて、子供はこう叫んだ。

「この世界で……いちばん強いのはボクなんだぞ！」

その瞬間、ガクン！　と世界を震わす音がして、地球の自転がいったん止まった。そしてゆっくりと逆回転を始め、昇ってきた方向に太陽が沈み、佐々原の世界は暗黒となった。遠くからワイヤーにぶら下がった巨大鉄球がものすごい勢いで迫ってくる。暗黒の中でも、その鉄球はなぜかクッキリと見えている。鉄球のど真ん中に大きく書かれた白い文字。それが『恥』であるとわかった瞬間、鉄球は佐々原の顔面のど真ん中を直撃した。持っていかれた佐々原の体が地中深くに埋没する。この世界でいちばん強いのは……俺は……俺は、あの子供と同じではないか！　もしかすると「最強なのは俺なんだよ！」という言葉に声援を送ってきたファンたちも実は俺をバカにしていたのでは⁉　バカなやつだと思って聞いていたのでは⁉　恥ずかしい！　なんて恥ずかしい言葉をいままで俺は……しかしこれまで数え切れないほど口にしてきてしまったあの言葉をいまさら回収できるはずもない！　俺は……俺はいったいどうしたらいいんだ⁉　このまま地中に埋もれていたい……！
それ以来。リング上でキャッチフレーズを口にすることが怖くなった。

「強い？　へぇー、だから⁉」「で、強いとエラいわけですか？」「いい歳こいてバカじゃねえの」

これまでの人生を、全人格を否定する声が常に耳元で聞こえてくる。しかし、これまで貫き通してきた己の哲学をいまさら撤回するわけにもいかず。そして佐々原には、強いという自分に代わる何かがあるわけでもなかった。他の道はどこにもない。このまま「最強なのは俺なんだよ！」と同じ言葉を口にし続け、強さを追い求めていく以外には。
練習着に着替えた佐々原はそんな自分の内面を誰にも悟られないよう、いつものように強い男に変身してリングへ向かった。

「これはいったいどういうことだ？　開場まで一時間しかないんだぞ！」

佐々原の怒鳴り声が会場内に響く。リングが、まだ到着していなかった。そんなことはこれまでに一度としてなかった。びっしりと椅子が並べられたアリーナの真ん中。リングのスペースだけがポッカリと空いている。

「権田には連絡したのか⁉」

団体のエースとして、このままリングが到着しなかったらファンに対して恥ずかしい。リングで練習できないことはいまはどうでもよく、自分がトップを張る団体の失態による世間体を佐々原は気にした。リングトラックを運転する権田は佐々原と同時期に入社した古株なので、尋ねられた若手も下手な言葉を返せない。

「それが権田さん携帯持っていないんで……」

「あの野郎、昔から人に迷惑ばっかりかけやがって！」

「……えっ？」

佐々原の言葉に若手は首をかしげた。その仕草は、権田が人に迷惑をかけるような人物だと思われていないことを意味していた。気に入らない。

「あいつはずっと俺に迷惑かけてきてるんだよ！」

佐々原の言葉に若手は眉毛をハの字にして「はぁ……」と曖昧な返事をする。そのとき会場の奥からスタッフが叫んだ。

「リング来ましたあ！」

スタッフの後ろを、まずは早速丸めたキャンバスを肩に担いだ権田が走ってくる。リングの位置にキャンバスを降ろすと、その場にひざまずき土下座した。「みんな、本当に申しわけねえ！」土下座したまま四方へ向きを変え、頭を下げ続け謝罪した。それを目にした佐々原は、誰にも聞こえない声で無意識につぶやいていた。

「くそっ、生きてやがった……」

口にして、自分でギョッとした。俺は、あいつが事故でも起こして死んでいたらいいと考えていたのか？　死んでほしいと願うまでにあいつを憎んでいるのか？　曲がりなりにもニュー日本プロレスのトップであるこの俺が？　バケモノのような顔のリング屋ごときをそこまで憎んでいるというのか？　しかし、そうかもしれないと、あっさりそれを認めることもできた。そもそもすべての元凶は……佐々原の脳裏に三十年前の入門テストの光景が甦る。

三十年前。佐々原と権田は同じ日に入門テストを受けた。体力審査で最後まで残った二人はお互いどちらかが勝つまでのスパーリングを命じられ、佐々原は権田に絞め落とされた。意識が戻ったとき、それまでカラテの試合でもケンカでも負けたことがなく、もしかするとそこそこのプロレスラーより自分の方が強いのでは？　とまで自信にあふれていた佐々原はショックから口も利けず幽霊の影のように帰路についた過去があった。茫然自失の日々を過ごしていたある日、権田が交通事故でプロレスを断念し欠員ができたため繰り上げ合格とすると連絡があった。バケモノのような顔の男に絞め落とされ、そのおこぼれとして入門を果たすことには大きな葛藤があったが、佐々原は結局入門した。あいつが自分に勝ったのはまぐれだと思い込むことにより、無理やり自分を納得させたのである。

「みんな本当に申しわけない、どうか今日だけリング作るの手伝ってもらえないか⁉」

選手関係者に協力を呼びかける権田の声で我に返った。誰もがそれに呼応しリフトの方へ走っていく。大阪府立体育館第二競技場は地下三階にある。地上階のトラックから積み下ろしたリング資材をリフトに乗せ、地下三階まで降ろす仕組みだ。開場まであと一時間。その場の全員が権田の呼びかけに応える。すると、佐々原は不機嫌な声で叫んだ。

「おい、ちょっと待て！」

全員の動きが止まる。

「権田ぁ、リングを作るのはお前の仕事じゃないのか⁉」

会場内が静まり返った。誰もが佐々原と権田を交互に見比べている。佐々原は権田ににじり寄った。

「それに、まずどうして遅れたかの説明があってしかるべきじゃないのか？」

土下座したままの権田は、無言で佐々原を見上げるばかりだった。そのとき事務方スタッフが腕時計に目を落とし「か……開場まで一時間切りました！　とにかくリングをなんとかしましょう！」と泣きそうな顔で叫ぶと静まり返った空気が動き始める。佐々原はスタッフを睨みつけ「くそっ……仕方ねえな。とりあえず全員でリングやるぞ、全員でだ！」。露骨に不機嫌な顔で権田の横をすり抜け、リフトへと歩いていった。

リングは開場時間ぎりぎりに完成した。選手関係者が全員で資材を運ぶ姿は『リングがこない？　大珍事発生！』とプロレス雑誌に掲載され、どちらにしろ広くファンに知れ渡ることとなった。そしてこの一件以降、以前から陰でささやかれていた佐々原と権田の不仲は選手関係者の間で広く意識されることとなった。

数か月後。佐々原は実家のある八王子へ帰ってきていた。ここ数年体調の思わしくなかった母が突然倒れたとの報を受け、都内の自宅から駆けつけたのだ。医師の診断は「軽い貧血」とのことだったが、翌日もオフだった佐々原は念のため一日だけ実家に泊まっていくことにした。

実家に帰ろうとも練習だけは欠かさない。久しく来ないうち、八王子駅北口にゴールデンジムができていた。日本全国に支店を持つ本格的な大型ジム。ニュー日本プロレスのスポンサーでもある。佐々原は全国どこのジムでも使用できる名誉会員証を持っていた。

ビルの五階にあるジムの受付で会員証を提示すると、男性スタッフがじっと佐々原の顔を覗き込んでくる。興奮気味に「佐々原選手ですよね？　サインいただけますでしょうか！」と色紙を差し出してきた。テレビでは深夜枠での放送とはいえ、やはりジムにはプロレスや格闘技に詳しい者が多い。色紙を受け取り、サインをする。さらに頼まれた。

「あのう、もしよかったら『最強なのは俺なんだよ！』も書いていただけないでしょうか？」

「あ……あぁ」

最強なのは俺なんだよ

書いて、佐々原はその文字をじっと見つめる。

「佐々原さん……どうかされましたか？」

「あ、いや……」

色紙を裏返し、スタッフの手の中に押し込んだ。お礼を述べられるのを遮るように「更衣室はどっち？」と強い口調で尋ねる。教えられた先へ足早に向かうと、背後から追ってきた「ありがとうございます！」という声には聞こえなかったふりをした。

更衣室で無地の黒いTシャツに着替える。以前はジムに限らず常にプロレスラーであることを主張する格好をしていたものだが、八年前の例の会合以降は一切しなくなった。

更衣室は階下で、ジムは階上にある構造だった。階段を上がりジムスペースに入ると、膨大な数のマシンやフリーウエイト器具が並んでいる。趣味で体を鍛えている程度と思われる会員たちがちらほらとマシンをいじっていた。フリーウエイトスペースを使用している者はいない。鏡の前で、Ｗバーに左右十キロのプレートをつけツーハンズカールを始める。この日は腕を鍛えるローテーションの日だった。軽めの重量からだんだんプレートを増やしていく。最終的には左右それぞれ四十キロ分のプレートをつけバーを上げ下げすると、Ｔシャツから飛び出した棍棒のように太い腕に巨大な力こぶがぐいん！　ぐいん！　と隆起する。鏡の中で佐々原の背後に、会員たちの驚愕の顔が並んでいた。十レップ終えてバーベルをラックに戻す。息を吐き鏡を覗き込むと、会員たちが慌てて視線をそらした。しかし一人だけ視線をそらさないどころか、じっと佐々原を凝視してくる者がいる。女性だった。きっとプロレスファンなのだろう。佐々原が振り向くと、女性は笑顔でコクリと頭を下げ近づいてきた。

「あの、もしかしてプロレスラーの佐々原和彦選手じゃないでしょうか？」

美人とかわいいが入り混じった、健康的な顔だった。そして何より、いい体をしていた。

「はい、プロレス好きなんですか？」

「やっぱり！　実はあたしは女子プロレスが好きなんですけど、息子が佐々原選手の大ファンなんです！」

やはりジムはいい！　上機嫌になった佐々原は「ああ、そうでしたか！」と、無意識に大胸筋を張り恰幅のいい誇らしげな姿勢をとっていた。その後、なんとなくお互いに目が合うと、佐々原は自ら女性に近づきトレーニングの仕方をレクチャーした。女性の息子が自分のファンということであれば、この程度のファンサービスは絶対にしておいた方がいい。しかもここは地元の八王子だ。そろそろ練習を切り上げようかと佐々原がマットの上で整理運動を始めると、女性はかしこまった様子で近づいてきた。

「あの、佐々原さん。本当に厚かましいことお願いしたいんですけど。すみません……もしよろしかったら息子に喝を入れていただくことはできないでしょうか？　いま中三なんですけど、なんか高校いかないとか気合の抜けた生活送っているものでして」

正直、めんどくさいことになったと思った。

「え、息子さんもいまここにいるんですか？」

わざとらしく周囲を見渡す。いないと言われたらそのまま帰るつもりだった。さすがに息子が到着するまで他人を待たせる非常識さはないだろう。

しかし女性は、

「いえ、いま学校なんですけどそろそろ帰ってくる時間のはずです。LINE送ってジムの下に待たせておきますので。いまからお着替えされて、もし帰りがけに息子が間に合っていれば一声かけていただけましたら……もし間に合わないようだったらもちろん大丈夫ですので！　佐々原さんの言葉であれば、あの子もどれだけ救われるかと……」

「あ、なるほど！　そういうことでしたらお安い御用です！」

急いで着替えなければと思った。更衣室の前で女性と別れ、そそくさと着替えを終わらせジムを出てエレベーターで地上階へ降りる。扉が開くと真正面に、学生服を着た華奢な少年が壁によりかかり佐々原を待っていた。

「佐々原さん、お久しぶりです！　二人きりで会えるなんてすげー！」

少年は顔を輝かせ旧知の間柄のように話しかけてくる。おそらく会場かどこかでの単なるファンサービスを過剰解釈し、すでに知り合いだと勘違いしているに違いなかった。

「あと佐々原さん、ちょっと前ですけどボクの動画にイイネしてくれてありがとうございます！」

「うん？　ああ……」

インターネットの普及以降に激増した一方通行なファン。子供とはいえ苦手なタイプだった。そして、そういったタイプに下手な対応をすると逆恨みされるケースが多いことを佐々原は知っていた。子供とはいえ、むげにはできない。プロレスに夢中になりすぎたあげく勉強をせず高校にいけないということにでもなれば、きっと自分に責任転嫁……何を書き込まれるかわかったもんじゃない。厳しい口調でさしした。

「お母さんから話は聞いたぞ。高校くらいいかないでどうする！　いまこそ一生懸命勉強したらどうだ？」

少年の顔から光が消えた。

「佐々原さんも権田さんと同じこと言うんですね……」

「権田？」

一瞬、目の前の少年が実は妖怪か何かのたぐいではないかという感覚に陥った。

「いま権田と言ったか⁉」

無意識に、どこかで脅えていた。しかし佐々原の様子が一変したことは、少年の感性に少しも引っかかっていないようだった。

「あとあのときは僕のせいで佐々原さんにも迷惑かけちゃって……選手全員でリング作ったって雑誌で見ました、すみませんでした！」

すべて佐々原も把握しているという前提の言葉の数々。この少年はネット社会に相当侵されてしまっているのだろうか。正確な話を聞きだすにはかなり骨が折れそうだった。佐々原は少年の肩に手を置き「いまの権田の話、詳しく聞かせてくれないか」と過度にやさしい口調で伝えると、少年は笑顔でうなずいた。

佐々原は実家への道を歩いていた。少年の話はすべて聞いた。佐々原にはわからない。権田はなぜあのとき一言も弁解しようとしなかったのか。ファンの少年をリングトラックに乗せたとは言いにくかっただけかもしれない。しかし、少年のためを思った権田の行動は称賛されるべきものである。もしも自分だったら、仕事に穴を開ける危険を冒してまで見ず知らずの少年を送ったりなどしただろうか。心の奥底から滲み上がってくる正直な「しない」予感を「する！」で強引に打ち消すと、閉じた口の中でビクン！と舌まで動いた。さらに佐々原が打ちのめされたのは、憧れと尊敬は別物であると感じてしまったことだった。権田の話をするときの少年の様子から、そう感じざるをえなかった。

「権田のやつ……どこまで俺を……！」

遠くで車のクラクションが聞こえる。いや、すぐ近くだった。しかも自分に向けられていた。赤信号なのに横断歩道を渡りかけていた。

「オッサン、あぶねぇだろ！」

茶髪の若い男が運転席の窓を開け怒鳴ってきた。助手席ではサングラスをかけた女が笑っている。佐々原は男を睨みつけた。

「……ひっ！」

一瞬怯んだように見えたが、横で女が尖らせた口をパクパク動かすと睨み返してきた。佐々原は男を睨みつけたまま視線をはずさず、それでも摺り足でゆっくりと歩道まで後退する。そのとき視界の端に、赤い何かが低い位置から飛び出してきて佐々原の横をすり抜けていく。ランドセルだ！　と直感した。それと同時に男の眼が三角に吊り上がり、思い切りアクセルを踏み込もうとしているのが佐々原にはわかった。

「あぶない！」

しかし叫んだだけで、佐々原の体は動かなかった。その瞬間、いくつもの何かが佐々原の頭の中を駆け抜ける。その何かは、すべて負のイメージだった。交通事故……子供……大怪我……見殺し……地位喪失……非難の対象……引退……最後に現れたのは、薄気味悪い緑色の渦が巻く大きな卵だった。怪鳥の卵だと思った。卵に亀裂が走った。ピキピキ割れていく。中から肉質の何かが現れた……権田の醜い顔。

「……うっ！」

権田の眼には黒眼がなかった。しかし、佐々原は権田の白目と「目が合った」と確信した。権田はニヤリ……と薄笑いを浮かべ、二つに割れた赤い舌をペロッと出した。白目が邪悪に吊り上がっている。

「な……！」

どこまで……どこまで俺を追い詰めれば……殺してやる！　佐々原は権田の顔に飛びかかった、次の瞬間。

赤いランドセルが視界いっぱいに見えた。反射的にそれを抱きしめる。急ブレーキの音が耳元で響く。同時に背中を巨大な鈍痛の塊に突き上げられ、腕に抱きしめた柔らかいぬくもりとともに何度も何度も地面を転がる。

今度は暗闇となった視界の中に、細く青い空が一瞬だけ見えた。腕の中でもぞもぞと動く柔らかいぬくもりが発する泣き声が、暗闇の向こうにだんだんと遠のいていった。

道場にいた。リングの上。目の前に、醜い顔の男が立っている。「はじめ！」聞き覚えのある声がした。あ、いまのは十五年前に亡くなってしまった師匠の山本さんの声ではないか。生きていたのか……醜い顔の男が、腕を捕らえようと近づいてくる。寄るな！　バケモノ！　左足を上げるとムチのようにしなり如意棒のようにググン！　と伸びる。醜い顔の右半分を的確に蹴りつけた。鉄製の蝿叩きで水面をブッ叩いたような音が轟く。見ると左足の甲は、醜い顔の中央部まで食い込んでいる。足を引き戻すと、その半分がボロッ……と欠けた。続けざまに右足を上げる。今度も左半分に的確に食い込み、醜い顔は中心部の細い部分を残すのみとなった。とどめに気合もろとも、左飛び前蹴りで残りの部分を蹴り飛ばす。醜い顔を失った胴体は、ゆっくりとマットに崩れ落ちていった。ぴくりとも動かない。見たか、俺のこの強さを！　お前はここで死ぬべきだったんだ！　死んでおくべきだったんだ！　俺のために！　わかっているのか権田！

……権田？　そうか、いまのは権田だったのか。あいつはいま、ここで死んだのだ。もう俺をおびやかす者はこの世にいな……倒れた権田の胴体が、波を打つようにビクン！　ビクン！　と動き始める。その動きに合わせて、頭を失った首根っこから何かがぷるぷると這い出るように現れる。肌色の塊……首根っこから生えてくる権田の醜い顔……らしきもの……まるで羊水に漬かった胎児のような。完全に出揃うとブルル！　と振動し、覆っていた薄い膜を飛沫とともに吹き飛ばした。そこにあったものは……やはり、新しく生えてきた権田の醜い顔だった。再生した権田はむくり……と起き上がる。その瞬間、すべての光が消えうせ真っ暗闇になった。光のない世界で、権田だけが古ぼけた蛍光灯のような光を発し、薄笑いを浮かべ近づいてくる……「うわ！　くるな！　くるな！　うわあああ！」

真っ暗闇が二つに割れて、白い天井が覗いた。天使の色……あの世……しかし空気の中に微かに混じるアルコールや薬品の匂いに「生」を感じた。あの世じゃないのか？

どこかに寝ている……上半身を起こす。ベッドに寝ていた。視覚的状況から病院であろうことがすぐにわかった。窓から陽光が射しこんでいる。頭の中から記憶を引き戻す……ハッ！　として体を動かしてみた。無事だった。以前にも経験のある程度の打撲痛が背中にある以外、どこにも異常はなさそうだった。

「やれやれ……」

大きく息をつく。と、何かの気配を感じた。顔を向ける。醜い顔……白い花を持った権田が立っていた。

「うわあああ！」

肝の奥から喉を切り裂くように悲鳴が飛び出す。夢が続いているのか⁉　逃げようとして後頭部を壁にぶつけた。その痛みは現実だった。

「ど、どうしたんだ⁉」

「何しにきた！」

権田は両手で花束を握り直し「何しにきたはねえだろ……」と、悲しそうな顔を見せる。

佐々原は花束を指さし叫んだ。

「俺が死んだらいいと思ってたんだろ！」

口にして、そんな言葉がつい最近どこかにあったような気がした。

「何言ってんだ⁉　見舞いにきたんじゃねえか！」

「うそをつくな！　その白い菊が何よりの証拠だ！」

「そ、そういうもんなのか……？」

醜いアホめ！

「出ていけ！　二度と俺の前に現れるな！」

「……」

権田は花束を握ったまま、背中を丸めて病室を出ていった。ベッドから下りた佐々原は窓を全開にする。吹き込む風に、権田が残した存在の粒子が消し飛ばされていくようでせいせいした。と、病室の丸椅子の上に置かれた新聞がガサガサと音を立て風にあおられている。誰かが置いていったのだろう。ちらちら見える「佐々原」という文字が呼んでいた。手にとり、広げる。トップの一面。

【最強なのは俺なんだよ！　プロレスラー佐々原和彦 女の子を救う！】

自己を犠牲にしてまで、勇気、本当の強さ……新聞記事には、佐々原を称賛するそんな言葉の数々が躍っていた。佐々原自身だけではなく、プロレスそのものの社会的イメージアップに直結することは間違いない。記事の最後は「少女に怪我はなかったが佐々原の意識はまだ回復していない」という一文で結ばれていた。一応頭を振ってみる。やはりどこにも異常はなさそうだ。しかし、自分だけが知っている真実。実は少女を助けようとしたわけではなく、権田を退治しようとしただけだったこと。それを誰かに知られてはならない。佐々原はまたひとつ苦境に追い込まれた。権田のせいで……そして、あのとき赤い舌を出して挑発してきた権田だけは、その真実を知っているはずだった。やはりこうなったら……両手に持った新聞を無意識に引き裂いていた。こま切れになるまで。

真夜中のニュー日本プロレス道場。リングのど真ん中に、佐々原が一人立っている。試合用コスチュームを身に着け、長い黒髪を水で濡らし、体中に塗った油が蛍光灯の灯りに反射し艶々に輝いている。太い腕を組んで仁王立ち。頭にきつく巻かれたハチマキには『必勝』の文字。そこへ、権田が入ってきた。

「こんな時間に俺なんか呼び出していったい……うっ！」

試合の出で立ち、溢れ出る殺気、何かに取り憑かれたような眼光。

「な……なにをおっぱじめようってんだ⁉」

うろたえる権田に佐々原は言った。

「リングに……上がれ！」

己を地中深くに封じ込めてきた呪いの岩をどかすときが、とうしうきた。

「おめえ……現役チャンピオンのくせに、リング屋相手に気は確かか⁉」

ほんの少しでも隙を見せたら、権田の顔はあのときの悪夢の顔に変わってしまうはずだった。

「黙れ！　俺を苦しめてきた罪を償え！　そのためには死んでもらわねばならん！」

ほとんど白眼を剥いた佐々原の目。

「おめえは狂ってる！」

権田は道場を飛び出そうとした。

「逃げるか！」

ひらりとリングを飛び降りた佐々原の、助走をつけた飛び前蹴りが権田の後頭部を直撃する。「ぐぼっ……！」顔面から激突したすりガラスに、権田の顔面の形の盛り上がりが蜘蛛の巣の形に広がった。その中心から、赤黒い雫がタラタラと滴り落ちる。

「いまここで死ね！」

「ぶふっ……！」

ひざまずき振り向いた権田の口とも鼻とも判別がつかない部位から、赤黒い飛沫とアブクが同時に吹き出した。ぬるりと赤黒く光る口らしき位置が、浅瀬で動くおたまじゃくしのようにひくひくと動き
「やっぱ……おめえは……強ぇ……佐々原ぁ……」

「な、何⁉」

「弱ぇやつは……怖ぇもんと……闘おうと……すら……」

悪夢の顔に変わり始める予感がした。左回し蹴りを権田の顔面にぶち込む。西瓜を蹴り割ったような足ごたえがあった。権田は顔面から床に崩れ落ちたが、もぞもぞと動く上半身をゆらりと起こした。

「そんなやつ……ばっか……の世ん中で……おめぇは……」

権田が自分を褒めるようなことを口にする理由が、佐々原には理解不能だった。そこに恐怖を感じた。

「え……偉そうな口を利くな！　さては褒めて許してもらう魂胆かあ⁉」

今度は右の回し蹴りで顔面の反対側を蹴り込む。やはり西瓜を蹴り割った足ごたえを感じ、西瓜の中身も飛び出した。それでも崩れ落ちた権田はゆらり……と上半身を起こ

してくる。佐々原は絶叫した。

「な……なぜ起きてくる⁉　なぜだあああ！」

「俺にゃ……なんも……ねえ……痛みも……だけど……同期……お前が……誇り……」

「く……くたばれバケモノ！」

悪夢の再現だった。佐々原は飛び前蹴りで権田の顔面のど真ん中を蹴り込んだ。

「ぶっ……ふっ……！」

権田の返り血を浴び、氷色の汗でグショグショになった体を揺らしいつまでも浅い呼吸を繰り返す佐々原の足元に、ぐちゃぐちゃに叩き潰された醜い西瓜を乗せた無抵抗の胴体が横たわっていた。道場の隣の合宿所から、いくつもの走る足音が聞こえてくる。

「なんの悲鳴……うわあああっ！」

凍り付く若手たち。佐々原は天を見上げて叫んだ。

「だめだ……まだ……何一つ変わらない！」


後楽園ホール。佐々原にとっては事故以来初めての試合。少女を救った『時の人』である佐々原の復帰戦には超満員札止めの観客が詰めかけた。佐々原はこの日も圧倒的な強さでメインに勝利し、マイクを握る。

「本当に強い男！」「勇気ある男！」「真の英雄！」「俺たちの誇り！」

佐々原を称える言葉の数々。ひととおり沸き終わり観客が静まると、佐々原はゆっくりと喋り始めた。

「……意識不明のとき、病院のベッドの上で、私は夢を見ていました」

静かなはずの場内が、もう一層静かになった。次の言葉を口にすべきかどうか、佐々原には葛藤があった。しかし、口にしてしまえば何かが楽になるのでは？　という予感にすがることにした。

「夢の中で、私は死神と闘っていました……正直、今回は負けてしまうかもしれないと、弱気にもなりかけました。皆さん！　人間は、弱い生き物です……私だって弱い！」

四方八方から「そんなことないぞ！」「佐々原最強！」などの声が飛ぶ。そうじゃないんだ！　と怒鳴り返したかったが、佐々原は続ける。

「しかし！　人間はそんな弱い自分と闘い、勝たなくてはいけない！　そうでなければ道は開けない！　私はそうしてこのリングに戻ってきました！　だからいま、胸を張って堂々と言う！」

一気に畳みかける。

「最強なのは……俺なんだよ！」

観衆の大歓声を浴びながら、佐々原はすべてを開き直っていた。人生をも。

華々しいスポットライトに照らされるそんな佐々原を、人目に触れないよう会場の隅の幕の裏に隠れ、醜い顔を腫らし、あざだらけで、絆創膏だらけな権田が見ていることは観客の誰一人として知らない。リングを降りた佐々原に大勢のカメラマンが押し寄せる。いつも以上にその数が多いのは、時の人の復帰戦を収めにプロレスマスコミだけではなく一般の雑誌や新聞社も取材にやってきていたからだった。そのうち大勢のファンも駆け寄ってきて、控室へ戻ろうとする佐々原の周りに幾重もの人垣ができた。

「佐々原さん、僕です！　ここここ！」

人垣の中から子供が手を振っている。誰だ、あの小僧は？　どこかで……八王子のジムで話をした少年だった。少年の眼は真っ赤だった。

「僕、感動しました！　佐々原さんみたいに強くなります！」

声が涙に枯れていた。どいつもこいつも自分の思い入れだけで勝手なことばかり言いやがって……仕方がなく軽く手を挙げ少年に応えると、人垣を振り切り幕の横を通り抜ける。客席からは見えない舞台裏へ。そのさい権田の姿に気がついたが、そんな素振りは一切見せない。表から裏へ。そして控室への階段を降りながら、佐々原は考える。腕力、権力、影響力……世の中には強さに直結する様々な力がある。しかしどのような強さであろうとも、それは他人がそう認めたという世間的な評価にすぎない。そんなあやふやなものに、真実などがあるのだろうかと。表から見えるだけのものは、その人間の真実なのだろうかと。人間には誰しも裏がある。しかし、人間は世間の中で世間とともに生きていくしかない生き物だ。ならば、世間が評価するそんな自分を演じ続けていくしかないのだろうか。とりあえず、思い悩むことはもうやめた。無駄なことだ。表も裏も、どちらの自分も自分なのだから……しかし、いつまでそんな自分で在り続けなければいけないのだろう。

「死ぬまで……か」

そう口にして、独りきりの控室へと帰っていった。

最終話　夢の結末

二か月前のことだった。翔悟の母の琴絵が経営する女性用フィットネスジムの正面に、大資本が運営する同様の大型ジムが進出してきたのは。

「苦労してここまできたのに便乗商法なんて絶対に許さない！」

当初こそ売られたケンカは買うと気負っていた琴絵だが、ほんの数週間で憐れなまでに疲弊していく。会員がどんどん流出していったことに加え、悪しき奇跡が起きたことが決定的な一撃となった。琴絵の人生を一変させた女子プロレスラーのジュリアンナが、大型ジムの広告塔モデルに起用されたのだ。

【あなたの人生を変えるジム】

そんな宣伝文句が踊るジュリアンナの巨大タペストリーが、ある朝、琴絵のジムを見下ろしていた。その日の夜、翔悟は搾りかすのようになった琴絵から「もう無理……」と打ち明けられた。

夕暮れの薄暗い玄関先。翔悟は珍しく早い時間に引っ越しのアルバイトから戻ってきた。きちんと揃えられた琴絵の靴と、脱ぎ散らかされた赤いハイヒールが転がっている。暗い廊下の奥から、声量のちぐはぐな会話が聞こえてきた。

「みんな言ってるんだから……潰れてよかった……ざまあみろって……」

「だからそんなことないから、このあたしが何度言ってもまだわからない⁉」

「インタビューが載ってから……すごい嫉妬されて……怨念で……」

「もうその話は余計だから、これからは行く末に目を向けなきゃ！」

小さな声は母に違いないが、大きな声は誰だろう。聞き覚えのない女性の声。用いる言葉が少々ピントはずれな。

「ただいまあー！」

翔悟はわざと大きな声を出した。おそらく聞き覚えのない声の主が居住まいを正している気配が漂ってくる。薄暗い居間。ソファーに腰かける母の姿は、傾いた古い肖像画のようだった。翔悟を振り返っている女性は赤い派手な服を着ている。ストレートな茶髪のロン毛。化粧が濃い。こんな派手な友人が母にいたのだろうか。

「タツ子です、翔悟くんの話はいつも琴絵さんにうかがってるから初対面には感じない！」

立ち上がったタツ子は、顎を突き出しコクリとお辞儀をした。美人……のようでいて、よく見るとそうでもなかった。若そうだが、やはりそうでもなく。掴みどころのない、よくわからない人。ジムを畳んで以降の、母の不安定な精神状態の化身のようだった。

「すみません、母の愚痴聞いてもらってるみたいで」

「いやいやいやいや！　あたし友達をほっとけないタイプだから。それにもう次の用事の時間だし」

外見と同じで掴みどころのない解説。翔悟が返答に困っていると、タツ子の手の中のスマホが振動した。

「あ、ちょっとごめんね！」

画面を確認したタツ子は「またキャンセルかよ！」と、酔っぱらいのオッサンのように語気を荒らげた。チッチッチッ……舌打ちしながら返事を打ち、いま自分に何が起きているのかを頼みもしないのに語り始める。

「彼氏！　今日残業で忙しいから会えなくなったって。いつもこんなのばっかで超ムカつく！　ふざけんなって送ってやる！　あ……あたしいつもオッサンばかりと話してるからこういう喋り方伝染しちゃってごめんなさい！」

翔悟はつい吹き出してしまった。送信を終えたタツ子の指が止まると、すぐに返事がきたようだった。

「えと……めんごめんご……だと？　こんな誠意のカケラもない謝り方さあ……このボケカス、何がめんごだ嘘つき野郎って送ってやらあ！」

タツ子は返事を打ちながら、普通なら初対面の相手には内緒にしておくであろうことをさらに自ら喋りまくる。

「あたしの彼氏って家庭持ち。いわゆる不倫ね。自己満イヤミ野郎なんだけど、テレビ関係の仕事してるからいつかチャンスくれてデビューできるんじゃないかって狙ってて」

「え、タツ子さんて芸能人目指してるんですか？」

「そう、あと他にもいろいろ。コラムニストとか声優とかＹｏｕＴｕｂｅｒとか」

「じゃ彼氏さんは芸能事務所の人なんですか？」

「詳しくは教えてくれないけど何かしらテレビに関わってるって」

そのとき、玄関が開く音がした。やはり珍しく早くに帰宅してきた太一が廊下の奥から歩いてくる。手に持ったスマホを睨みつけ
「何が『ボケカス』だアホ女が！」

と吐き捨てている。スマホから顔を上げた。

「……えっ⁉」

太一とタツ子は喉の奥から、同時に同じような声を漏らした。お互いの顔を見合わせたまま固まるさまは、対になった石像のような。そんな二人の様子に、うつむく母が気がついた気配はない。一瞬で状況を理解した翔悟は、全身全霊を込め「出てって！」と念を太一に送った。

「……あっ、そうだ忘れてた！　あぶねえあぶねえ、会社戻らないと！　あぶねえあぶ……」

太一はあやふやな言葉を口にし、空気の均衡を崩さないようソロリソロリと後ずさると外へ飛び出していった。

「何これ……ドラマみたい……」

翔悟は、タツ子がいま自分に何が起きているかを頼みもしないのに語り始める予感が

したので「送ってくる！」と母に声をかけ、追い立てるように一緒に外へ出た。

空はすっかり暗くなっていた。翔悟の家から八王子駅へ向かう途中。一級河川の浅川べりの土手。川沿いの建物の灯りが、黒い川面に光の揺らぎとなり流されることなく漂っている。

「翔悟くん、あたしを軽蔑したでしょ？」

翔悟はこれまで、他人を軽蔑するという感覚にピンときた試しがなかった。興味を抱いたことがないものに軽蔑も尊敬もないのではないか。

「いや、タツ子さんのことまだ全然知らないんで……それより父さん電器店で働いてるからテレビに関わってるって、笑っちゃうよ！」

「うーん……」

タツ子は背伸びをしたまま土手に寝転がり
「あたしも本気にならないとなあ、いよいよ……」

本気。しかし翔悟には、本気というものがどういうことかタツ子には少しもわかっていないような気がした。かつて権田に言われた「お前のはただの憧れだ」という言葉が、いまも耳にこびりついている。

憧れに努力が加わり、初めて本気と認定される。そして、やっと夢に近づいていける。そういうことなのだ。十五歳にしてすでに夢を持っていた自分はすごかった。ただの憧れだと一刀両断されたけれども。そして、いつか始めようと怠けているうち、同年代はとっくに始め、本気になり、どんどん何かになっている。そんな彼らを遠くから眺めているうち、翔悟は無気力になっていった。いまではバイトで日銭を稼ぎ、漠然と毎日を生きている。

「だけど本気になっても、うちの母さんみたいに挫折しちゃったら意味ないですよね」

最近すぐにこういうことを口にしていると、自覚しながら言った。

「……いや、そうじゃないかも」

同意を求めたわけではなかったが、タツ子の返しは意外だった。

「よくわかんないけど琴絵さん見てて、やってみてだめならやめればいいんだなって、そう思った。だって仕方ないから、だめだったら。だけどそっちの方が何もしないよりはよっぽどいいのかなって」

そういうものだろうか。翔悟にはよくわからない。タツ子のわかりにくい言葉のせいだと思うことにした。

イラストのウサギが「キた！」と口にしているスタンプを送る。送信相手は『西村ゆう子』。しばらくすると同じウサギが「イく！」と口にし戻ってくる。二人のやりとりは、二つの同じスタンプが交互に交わされているばかりだった。

マンションロビーの自動ドアが開く。西村ゆう子。おかっぱ頭に特徴のない、色白な丸い顔立ち。水色のトレーナーにジーパン姿。化粧は一切ほどこしていない。それでもよく見ればもう子供ではない。

「腹減ってる？」

「うん、翔悟は？」

「減ってる。じゃ、今日もコンビニ行ってタコの公園行こうか？」

「うん」

近すぎることも遠すぎることもない間隔を保ち、二人はコンビニへ向かい、それぞれ好きなものを買い込み、浅川の近くにある公園へ向かった。

色褪せて薄いピンク色になった、巨大なタコの滑り台がある公園。二人はそこを「タコの公園」と呼んでいた。

たまたま時間が合うときだけ、二人は時間を共にする。その関係は、中学校を卒業した数か月後から始まった。ある日の昼間。近所のスーパーで買い物をした翔悟は、見覚えのある顔をレジに見かけた。元クラスメイトの西村ゆう子だった。ゆう子は、翔悟のクラスから高校に進学しなかったただ一人の女子生徒だった。成績はそれほど優秀ではなかったが、特に酷いというわけでもなく。家が貧しいわけでもなく。いじめられていたわけでもなく。名前のように可もなく不可もない、空気のようなクラスメイト。在学中にも、接点は一度だけあった。三年生の三学期となり、いよいよ高校受験の雰囲気が漂ってきたころ。放課後に進学者説明会がおこなわれた日だった。

「高校受験する者は必ず参加するように」

担任のその言葉は「高校いかないやつはとっとと帰れ」と翔悟には聞こえた。皆が体育館へ向かう中、下駄箱でゆう子と鉢合わせた。

「あ……高校いかないんだ?」

「うん、なじめないから」

なじめない。通ったこともない高校に「なじめない」という言い方はおかしいので集団生活になじめないという意味かと思ったが、そんなことはすぐに忘れてしまった。それ以降は卒業まで、二人の間に会話はなかった。スーパーのレジに立つゆう子とは、それ以来の再会だった。

付き合っているわけでもなく、特に何かの話題で盛り上がるわけでもなく、ただなんとなく一緒にいて、とりとめもない話をする。それだけの関係。

一度だけ、ゆう子は自分の彼女なのだろうか？　と意識した翔悟は、無意識にそれを探ってしまったのかもしれない。ゆう子は言った。「あのさ……そういうのやめてくれる？　なじめないから」。それ以降、ゆう子を恋愛対象として考えることは一切なくなった。


まだ幼稚園にも通っていないであろう子供を連れたお母さん。老人。一息入れている作業着の中年。そんな人ばかりな平日の昼間の公園で、本来ならば学校にいっているべき年頃の、ベンチに腰かける二人が浮いている。

「今日、晴れてるね」

「うん、晴れてる」

そろそろ冷たくなってきた風が、落ち葉をクルクルかき集める。二人は黙ってそれを見つめた。

「朝と夜、もう寒いね」

「うん、寒い」

ただなんとなく生きてきて、これからもそうしていくのであろう会話が先を競うことなく、ただ交互に交わされていく。早退してきたのか、近くの高校のブレザーを着た男子生徒が激しく咳こみながら向こうの道を通り過ぎていった。

「高校いったやつらって、いまどうなのかな」

「うーん……勉強しなくちゃいけないから、あたしたちの方が楽なんじゃない」

「そうだよな、楽だよな……」

その後、二人はしばらく無言だったが、コンビニの袋から菓子パンを取り出したゆう子は「あっ、そうだ」と、何かを思い出したようだった。そんなゆう子は珍しいので、翔悟はつい「何？」と言葉をかぶせていた。

「スーパー辞めて来週から北口のパン屋でバイトするの」

「えっ……なんで？」

「たまたま募集の張り紙見て。昔からかわいいパンが好きだったから。いつかそういうのお店の窯で焼いてみるの夢だったし」

「……そうなんだ」

「だけど食べるのはかわいそう」

翔悟は、どこかで何かのボタンが押されたような気がした。ゆう子はありきたりなパンを二つに割った。中にクリームがぎっしりと詰まっている。中身が詰まっていたのか……。

「だけど俺もずっと好きなんだよ、プロレス」

無意識に口から出た言葉だった。いったい何が「だけど」なのだろう。自分はゆう子に張り合おうとしているのだろうか。だけど、何を？　言葉の脈絡が自分でも意味不明だった。

「そうなんだ」

ゆう子はそれ以上は何も言わずパンを齧っている。もしかすると、いまのゆう子なら何かを知っているかもしれない。そんな気がしていた自分に、翔悟は気がついた。

「好きなんだよな……プロレス」

他に何も見当たらないので、その言葉を繰り返すしかなかった。

「翔悟もやれば？」

「えっ!?」

一瞬ゆう子が、世の中のことを何一つわかっていないからくり人形のように感じた。

「プロレス好きなんでしょ」

「ああ……」

「卒業してから本当に伸びたよね」

「背？」

「うん」

「そうだよな……」

隣り合わせに座ると、中学時代ほぼ同じ高さにあったゆう子の顔がいまでは遥か下にある。

「なれるかな？」

「わかんない」

「そうだよな……」

風に集められた落ち葉が、クルクルと回り続けている。二人は黙ってそれを見つめ続けた。

ダウンジャケットのポケットの中で、強く握ったスマホを取り出す。外気の冷たさに手が負けないうち、ウサギのスタンプを送信する。返ってくる。しばらくすると自動ドアが開き、明るい水色のコートを着たゆう子が出てきた。翔悟がそのコートを目にするのは初めてだった。

「新しいの買ったんだ？」

「おととい買ったの、いいこと決まったから」

――いいこと決まったから

そのコートを見た瞬間から、そんな感じが翔悟にはしていた。冷えきった風が吹くようになってからは八王子駅北口の放射線ロードにあるハンバーガー屋の二階が二人の行先となっていて、それは昨年の冬も同様だった。

「いいことって、何が決まったの？」

席に着くと、さっきからずっと気になっていたことを翔悟は尋ねた。ゆう子に起きた「いいこと」は、きっと自分を追い詰める。そんな予感がしていたか、死刑宣告を聞かされないまま執行当日を迎えるよりはよっぽどいい……そんな気持ちだった。ふと気がつくと、ハンバーガーの包み紙をやけに用心深く広げていた。

「就職することにしたの、パン屋さんに」

「えっ……」

包み紙を広げる手が止まった。

「あたしね『こんなパンどうですか？』って、ヒヨコとマンゴーを一緒にしたような、前から考えてたキャラのパンのイラストを描いて提案したら、これはかわいいって。そのイラストにぴったりな味もイメージしてたから。パインとマンゴーをミックスさせたトロピカルな味の。そしたらそれがバカ売れで店長も大喜びで！　今度八王子のタウン誌でも取り上げてくれるのよ！　そしたら店長『うちで本気で頑張ってみない？』って。先週からパンの作り方も教えてくれ始めてて、あたしパン作りの才能あるって！　だから本気で頑張ってみることにしたの！」

ゆう子が一心不乱に言葉をまくしたてるのも、これほど笑顔で話をするのも、そしてこんなにまでに自分の心がズタボロになったのも、翔悟にとってすべてが初めてのことだった。

広げたばかりの包み紙を無意識に元の状態に戻し始めていたので、いったい自分は何をしているのだと手を止めた。まもなく叫びに変化しそうな声が喉元まで出かかっている。ズタボロの心から、焼け残った言葉を拾い集めてつなぎ合わせなくてはいけなかった。迅速に。

「就職……決まって……よかったね」

本心が露呈してしまわないよう、なんとかうまくつなぎ合わせられた。就職することへの祝福の言葉に仕立て上げたことで、翔悟のぎりぎりのプライドは保たれた。しかし、そこから先は何もなかった。すると、勝手に口が動き始めた。

「あのさ……実は……俺も……」

「え？」

「俺も……プロレス……受けることにしたんだ……」

嘘つきで見栄っ張りで軽薄な、他人の声を聞いているようだった。

「すごい！」

「だからさ……」

「え？」

「時間がないんだ！」

翔悟は立ち上がると、ゆう子をかえりみることなく店を飛び出し走った。時間がなかった。しかし、なんのための時間なのか？　それすらも自分でわかっていなかった。

「どうしたんだ、今日は休みなのに？」

店を飛び出した翔悟は、バイト先の引っ越し屋の事務所に駆け込んでいた。

「支店長……俺を……俺を……正社員にしてください！」

「はあ？　だからいつも言ってるだろ、お前は真面目にやってるから早く免許とれば正社員にしてやるぞって」

「はい！　だけど……もしもプロレス受かったら……辞めさせてください！」

「何言ってんだ⁉」

自分の心の内を説明している時間すら翔悟にはなかった。それよりも、やらなければならなかった。あれも、これも。とにかく何かを。いますぐに。

その夜。翔悟は中学校卒業以来にノートを広げてみた。いつか勉強し始めることを期待して母が次々買ってきたがとうとう一度も使わなかったまっさらなノートがすぐに何冊も見つかった。自分の心の内を文字に書いて整理してみよう。思い浮かべるだけでは収集がつかない。あまりにもたくさんのことがごちゃ混ぜになっている。

久しぶりに握る鉛筆。まず、ノートの中央に『自分』と書いて丸で囲ってみた。自分の上から矢印を伸ばし『プロレス』と書き、丸で囲む。その横に「なりたい」と書いてみた。字を書く作業を、手が完全に忘れている。無駄に込めた力にこわばる親指の根元をもみほぐす。すると、プロレスラーになりたい理由を考えてみたことがないことに気がついた。

「えと……」

「好きだから」と横に書こうとしたが手を止め、誰もいるはずがない部屋に一応誰もいないことを確認したのち、頭の中に浮かんでいるイメージをゆっくりと言葉に変換し
「強くて、かっこよくて、有名になれるから」と書いた。翔悟はそのとき初めて知った。自分が、強くてかっこいい人間として有名になりたがっていることを。しかしそれだけではないような気がした。試しに「りくつぬきに好きだから」と続けて書くと、すべてにスッと納得できた……ようだったが、何かいちばん大切なことが大きく抜け落ちているような気もした。

「ま……とすると」

次のページの中央に「どうやったらなれるか?」と書き、上へと伸びる矢印の先に「入門テスト」と書いた。その横へ「何ができないといけないか」と続けていく。

「あ、そうだ……」

スマホで、ニュー日本プロレスＨＰから『新人募集』の項目を開く。

【応募資格……身長一七五センチ以上、体重問わず、年齢十六〜二十二歳の健康な者。

毎年春・秋の二回入門テスト実施】

知ってはいたが一応確認する。条件はすべて満たしていた。今度の春のテストに照準を合わせよう。ならば……。

「スクワット」「腕立て」「腹筋」「ブリッジ」と書き、しばらく考えたのち、これまで動画や記事で目にした入門テストの記憶から「ダッシュ」「スパーリング」と書き加える。さらに続けて書き加えていく。

「スクワット」↓五〇〇回、「腕立て」↓一〇〇回、「腹筋」↓二〇〇回、「ブリッジ」↓三分。

「ダッシュ」はよくわからなかったので「50m×5」と書いてみた。「スパーリング」は↓「やるしかない」と書く。これができれば合格するはずだ。春の入門テストがおこなわれるのは毎年三月上旬のはず。まだ四か月近くある。

明日からのバイトでは少しでも重たいものを率先して運ぶこと。バイトが終わったら各種目の特訓をすることを自分に課した。プロテインも飲んでみた方がいいだろうか。

そういうのは母が詳しそうだ。あ、ジムに通ってもいいじゃないか！　そんなことを考えていくと、まだ何も始めてすらいないのに、なぜか嬉しくなってくる。そんな感情は翔悟のこれまでの人生で初めてのことだった。そもそも、何かを計画的におこなったことなどこれまでに一度もない。それはわくわくする作業だった。一九歳を目前にして、翔悟はそれを初めて知った。そして、これが努力と呼ばれるものなのかと。まだ文字を書いただけだけれども、着実に何かへ向かい始めた喜び。腹の底から、湧き上がるように勝手に声が出た。頭の中にはゆう子を真ん中に、中学時代のクラスメイトの顔が浮かんでいる。翔悟はプロテインとジムについて母に尋ねようと下に降りた。

居間に、母の後ろ姿があった。テレビを見ている。潰されたチューハイの缶がテーブルの上に三本転がっていた。ジムを閉じて以来、それまでほとんど飲まなかった酒を毎晩飲んでいることは翔悟も知っていた。細かった背中が丸みを帯びているのがパーカーの上からでもわかる。横に回って覗き込むと、母は椅子に座ったまま眠っていた。

顎の肉がたるんでいた。人前に出なくなってからは美容室に行く回数も減ったようで、髪の根元が白くなっている。いつの間にこんなに小皺が増えたのだろう。閉じた眼の下が隈になっているのはここ最近の心労によるものか。

「……母さん」

小声で呼んでみたが起きる気配はない。ここ最近の心労……いや、もしかすると、自分のせいでずっと心労を抱えていたのではあるまいか。高校にはいかないと、自分が言い始めたあのころから。翔悟は母の肩から毛布を掛け、音を立てないよう二階へ戻った。


翌日。引っ越し屋での翔悟の担当は、1LDKマンションの引っ越しだった。中年社員と二人でのチーム。冷蔵庫も物入れも小型のものばかりなので、どれも一人自力で運んでみることにした。段ボールを運ぶさいも、途中で頭上にかざしてみたり、わざと腕に負担がかかるよう底からすくうように持ち上げてみたりと工夫を凝らした。そうすると「この仕事についていてよかった」と心の底から思えてきて、その気持ちは感謝の念へと変わっていった。お金を稼ぎながら夢に近づいていけるのだ。いま翔悟は、生まれて初めて着実に夢に近づこうとしていた。

積み込みを終え、トラックで引っ越し先へ移動している間に昼時となった。

「翔悟、ラーメンでいいよな?」

「はい、なんでも!」

トラックは国道沿いのラーメン屋に入った。駐車場にトラックが何台も停まっている。ドライバーで混雑している店内だが、二人掛けのテーブルがちょうど空いていたので向かい合って座った。

「翔悟なんにすんだ？」

「土井さんは？」

「醤油ラーメンだけでいいや、最近腹が出てるからあんま食わないでおく」

土井は、笑いながら腹をさすった。

「すみませーん！」

店員のお姉さんが注文をとりに来る。

「醤油一つと……僕はチャーシューメンの大盛りと餃子と大ライスください」

お姉さんが注文を確認する間、土井は翔悟の顔にじっと見入っていた。

「翔悟、お前いつもラーメン一杯なのにどうしたんだ？　それに今日はなんてえのか……やけに気合が入ってたし、何かあったのか？」

「えっ……そうですか？　違いますか、いつもと⁉」

「ああ、いままでとは全然違うぞ」

翔悟は、生まれて初めて知った。自分の行いが他人に認められる。たったそれだけのことがこんなにも嬉しいものだということを。それは、以前に動画投稿でバズったときとは確実に何かが違う感動に満ちていた。あのときはバズった嬉しさのすぐ次の瞬間「もっと広めたい」「いつまで見てもらえるのだろう」「次もバズらなくては」という強迫観念ばかりが押し寄せてきて結局心を病んでしまった。しかし、今回は違った。たまたまではない。通りすがりの人間にボタンを押してもらえただけとはわけが違う。自分のことをよく知っている人に認めてもらえた。そこには本物の手応えがあった。

「土井さん……俺、プロレスラーになりたいんです」

「はあっ⁉」

自分を認めてくれた土井に、思いのたけを話さずにはいられなかった。

「プロレスラーって……お前がプロレス好きなの知ってるけど簡単になれるもんじゃねえんだろ！　だいたいいつからだよ、そんなこと考え始めたのは？」

「昨日からです！　だけど……やるんです俺は！　だから重いものも運ぶしメシもたくさん食うことにしたんです！」

土井は腕を組んでしばらく黙っていたが、しばらくすると「いいなあ……」と静かにつぶやいた。

「えっ？」

「オレなんかさ、なりたいものすらとうとう見つからなかったクチだもん。だからなんとなく引っ越し屋になってこの歳までズルズルきちまっけど。周りの連中もそんなやつばっかだし。だけど……もしなりたいものが見つかってたとしても、本気でなろうとしたかなあ……わかんねえなあ……」

翔悟は「まだ自分だって何も成し遂げていない」という遠慮からの恥ずかしさが大きく、返事のしようがなかった。注文したものが運ばれてくる。

「……だから翔悟は偉い！」

「ひっ！」

いきなり大声を出した土井がテーブルを叩くと、お姉さんはお盆ごとひっくり返しそうになった。

「あ、わりいわりい……よし翔悟、食おう！」

「はい、いただきます！」

土井は箸を割るとラーメンに乗ったチャーシューをつまみ、翔悟のどんぶりの中へ「ほれ」と移した。

「え……いいんですか？」

「オレは腹が出てるんだよ、それよりさっさと食っちまえ」

土井は翔悟の目は見ないで「はひはひ！」とラーメンを啜り始める。変わり始めていた。決意し、計画を立て、まだ何も成し遂げてはいないが目的を持って生き始めた、たったそれだけのことで。人生が変わり始めた。どんぶりに浮いた脂がキラキラと輝いている。翔悟は土井がくれたチャーシューでラーメンを束にしてつまみ、熱いのもかまわず口の中へ一気に押し込む。ラーメンの味が、これまでとは違って感じられた。

バイトを終え家に戻ってきた翔悟は、運動に適した服をタンスの中に探した。今夜から特訓開始だ。中学校時代の体育着があった。試しに着ようとしてみたが、長さも太さもまったく合わなくなっていた。他に何かないだろうか。さらに奥をまさぐってみる。

「あっ……」

タンスの奥。権田がくれた、赤いタオル。あのとき翔悟は、結局、テストを受けられなかった。教室に滑り込んだとき、テストはすでに始まっていた。もしもあのとき、権田から赤いタオルを受け取ることなく教室へ走っていたら……いや、「制服も着ないで何考えてんだ！」と担任に怒鳴られたのだ。どちらにしろだめだったのだ。それが内申的に決定的な致命傷となり、また「学校に裏切られた」という大きな心の傷ともなり、高校にいかない道を選んだのだった。

あのころを記憶から消したかった。思い出したくなかった。なので権田との一夜も思い出さないようにと、赤いタオルはずっとタンスの奥にしまい込んできたし、プロレス観戦にいくたび会場の片隅に必ずいる権田の顔も見ないようにしてきた。

あのころ以来に触れる赤いタオル。ごわごわした肌触りが、ゴツゴツした権田の顔を思い起こさせた。顔に押し当て匂いをかいでみる。防虫剤の匂いがした。翔悟の想像では権田が独り住んでいる古い木造アパートの匂い。あの夜が走馬燈のように頭の中を駆け巡る。

「うあああ！」

翔悟は叫んだ。パンツ以外の衣服を脱ぎ捨て裸になると、狂ったようにスクワットを始めた。首から赤いタオルを下げ。苦しくなるとその端を噛み締めながら。

翌朝。全身が痛い。目を覚ます前から、翔悟の意識は遠くでそのことを察知していた。目を開ける。それだけで全身の筋肉に振動が響いた。

「あ……つっ……」

足、胸、背中、腹、腕、首の根元。全身すべての筋肉が痛かった。昨夜、狂ったようにスクワットを始めた翔悟は意外と簡単に一〇〇回をこなせた。あれ⁉　という感じだった。そのままもう一〇〇回こなした。さすがに途中から苦しくなったが、初めてのスクワットで連続二〇〇回こなせたことは翔悟を大いに興奮させた。

その勢いで腕立て伏せに挑んだ。十一回しかできなかった。昼間は小型とはいえ冷蔵庫を運べたはずだったのに。使う筋肉が違うのだ。これはコツコツ継続していくしかない。膝をつけば楽にできることに気がついたので、その体勢で二十回三セットをこなした。次に腹筋。仰向けに寝て、膝をくの字に曲げ上半身を起こす。そのときだった。腿を攣った。連動するように、背中も攣った。さらに胸も、腕の前も後ろも。雑巾となり絞られるような、どこをどう対処したらいいのかわからない性格最悪な引き攣りに全身が襲われた。結局、どこかを伸ばすとどこかが痛いのを我慢しながら、一か所ずつ伸ばしていく以外になかった。そんな昨夜だった。

「ううっ……痛え！」

一瞬、バイトを休ませてもらおうかと考えた。しかし土井に宣言した昨日の今日で、それは絶対にできなかった。呻き声を上げながら、長い時間かけ靴下を履いた。ズボンは床に置き、しゃくとり虫の移動のように座り込んだまま片脚ずつ穿いた。上着を着るときも無理をするしかなかった。それだけで一日分の体力を使い果たした疲労感。玄関先では辛い前屈みになる気力がもうなかったので、靴のかかとを踏み潰したまま家を出た。なんとか引っ越し屋に到着したのは、業務開始ぎりぎりだった。いつもはたいてい始業三十分前には到着しているので、珍しく遅いなと土井に声をかけられた。

「昨日筋トレ張り切りすぎちゃって……いてて！」

「そうか……大丈夫か？」

その日も二人での小さな引っ越しだった。翔悟は悲鳴とも気合ともつかない声を張り上げながら作業をこなした。重い荷物はほとんど土井が運んでくれたのがせめてもの救いだった。午前中の積み込み作業が終わり昼時。二人は国道沿いのうどん屋に入った。

「オレ、おかめうどんとミニ親子丼セットな」

「はい！　すみません……おかめうどんとミニ親子丼セット、あと肉うどんとミニカツ丼セット。うどんは大盛りで」

土井はぬるいほうじ茶に口をつけると、時々苦痛の表情で「いつつ……」と呻いている翔悟に話しかけてきた。

「なあ、翔悟」

「はい」

「荷物持つときヘンな声出したらお客さんが不安になるだろ」

「あ、すみません……」

頑張っている翔悟は偉い！　それは昨日の土井の言葉だった。なので、頑張っている者はある程度大目に見てもらえる。翔悟の心の奥底には、そんな甘えが確実にあった。そこを見抜かれたようで、恥ずかしくてたまらなくなった。土井は続ける。

「そしてな、勘違いするなよ。お前の夢は他人には何一つ関係ねえことなんだからな」

昨日、あれほど認めてくれた土井の言葉とは思えなかった。もしかすると、夢を追い始めた自分に対する嫉妬では？　一瞬、そんな思いを巡らせた。しかし、そうではなかった。

「いや、オレはお前を応援してるよ。だけど……なんてえのか、オレも夢なんか持ったことねえから間違ってるかもしんねえけど、夢を追うのはお前なんだよ。他人じゃねえんだよ。だからすべて自分で背負わないといけねえんじゃねえのかな？　いいことも、辛いことも。どんなときでも他人に甘えちゃいけねえんじゃねえのかな？　よくわかんねえけど」

注文したものが運ばれてくる。「お、きたきた！」と、土井がやけに陽気にまくしたてているのは、自分に気を使ってくれているのだと翔悟は感じた。一瞬でも「嫉妬」などという考えに及んでしまい、土井に謝りたい気持ちでいっぱいだった。

「やる、食え」

土井が翔悟に親子丼を差し出してくる。

「土井さん……」

「午後から気合入れていこうぜ！」

「はい！」

それ以上の言葉はいらなかった。


年が暮れようとしていた。その日、引っ越し屋は仕事納めだった。社員とバイト総出で宅配便仕分け作業が終わったころには午後八時を回っていた。「みんな一年間お疲れさん！」支店長の声に、全員が「ありがとうございました！」と一様に笑顔で声を上げた。あちこちで、これからどこへ飲みに行こうかと相談する声が聞こえてくる。翔悟は、迷っていた。今日くらいは特訓を休んでもいいのではないかと。年末になるに従い激増した作業と、連日の特訓で疲労が溜まりまくっている。そういえば誰かレスラーのインタビューに「休むことも勇気だ」と書いてあったことを思い出す。と、誰かに肩を叩かれた。振り向くと土井が立っている。

「今日はオレに付き合わねえか？」

「え、何かあるんですか？」

翔悟がプロレスラーを目指し、仕事後にトレーニングに打ち込んでいることは土井はもちろんすでに誰もの知るところとなっていた。それでもこうして誘ってくるのだから何か重大な誘いかもしれない。土井はニヤリと微笑むと「ま、いいことだからついてこい！」と一方的に話を決めてしまった。休むことも勇気……だ。翔悟は土井に従った。


どこか外へ出るのかと思ったが、土井の行先は構内の詰め所だった。夜間作業や真夜中に帰社した社員が仮眠をとる場所として利用されている。錆びたコンテナに手を加えた簡素な造り。アルミサッシにすりガラスのドアの向こうから、何人かの騒ぐ声が聞こえてきていた。

「土井さん、ここで何かあるんですか？」

「こういうことだ」

横開きのドアを土井が開けると、タバコと男の匂いが押し寄せてきた。

「お、きたきた！　未来の有名人、早く入れよ！」

社員の中でも、土井と特に仲のいい三人がいた。テーブルの上にはビール瓶や巨大な焼酎のボトルにつまみなどが広がり、早くも飲み始めているようである。

「翔悟、お前何歳だ⁉」

土井といちばん仲のいい熊川が、ほんのりと赤くなった顔で尋ねた。

「……十八歳です」

「じゃもちろん飲めるんだよな、俺なんか十三歳から飲んでっからよ!」

熊川は太い腕で巨大な焼酎のボトルを軽々と扱い、コップの中へドボドボ注ぐと一気に飲み干し「くあああー! ほら座れよ、今日はお前にパワー注入の会なんだからよ!」と、正面の席を指さす。酒臭さが翔悟の顔にまで漂ってきた。

荒くれ者の檻の中に招かれたようで、翔悟はそういう場での振る舞い方を知らなかった。しかも人生初となる酒を飲まされることは間違いない。全員が席に着く。それぞれの目の前にはなみなみと酒がつがれたコップが置かれている。翔悟の人生初めての酒は、ビールだった。土井が音頭をとる。

「では、翔悟がプロレスラーになれますことを祈って、カンパーイ!」

「頑張れよ!」

「有名になっても俺のこと忘れるなよ!」

「翔悟くんならやれるよ!」

「ほら、早く飲んでみろ!」

まだなれるかどうかわかりません！　と叫びたかったが、それよりも皆が注目しているので、まずは飲まないわけにはいかなかった。呼吸を止め、コップ半分を一気に流し込む。喉を通ったビールが胃袋にまで到達した次の瞬間。くら～ん……初めての感覚がきた。それは、これからの人生で数え切れないほど繰り返されるであろう飲酒という行為の初回スイッチが押された感覚とでもいおうか。この「くら～ん……」という感覚はおそらく今回一度きりで、もう二度とはないその感覚を再び味わいたいがために今後も酒を飲み続け、そのうち取り戻せないことがわかるやいつしか日常的に飲むようになっている……翔悟の初めての酒は、そんな予感を抱いた酒だった。

「いけるクチだな、酔ってないのか？」

「はい、それほどでも……」

すでに瓶ビール一本は飲んでいるはずなのに、翔悟はそれほど酔わなかった。そういえば父も飲むときはかなり飲む割には、それほど酔っている姿を見たことがない。

「やっぱプロレスラーを目指すだけあってたいしたもんだ、なあ！」

熊川が真っ赤な顔で目を細めて笑った。

「熊さんは若いころ何になりたかったの？」

四人の中でいちばん物腰の柔らかい小玉が尋ねる。

「俺？　んなもんあるわけねえだろ！　親父が引っ越し屋で働いてたから俺も引っ越し屋になったまでよ。そういう小玉はどうなんだよ？」

「僕はね、競馬の騎手になりたかった、実は」

全員が一斉に「ほおっ！」と声を上げる。熊川だけは「俺は買う方だからなあ……」とつぶやいていた。

「だけどなれなかった」

「どうしてですか？」

夢を叶えられなかった、その理由を翔悟は知りたかった。

「そのころね、騎手と同時になりたいものが出てきちゃって」

なんだそりゃ！　と熊川が叫んだ。

「いや、皆に言うのもちょっと恥ずかしいんだけど……俳優になりたくなっちゃって。養成学校にも通ったんだけど全然ダメだった！」

照れ笑い。

「どうしてもう一度騎手を目指さなかったんですか？」

翔悟はうつむき気味な小玉の横顔に尋ねた。

「騎手になるには二十歳までに養成学校に入らないといけなくてね。だけど俳優がダメだとなったときはもう遅すぎて……だから、夢を追える時間は限られているんだよ、翔悟くん」

小玉は翔悟を「くん」つけで呼ぶ唯一の社員だった。四人の中ではいちばん若い橘が

「うっうっ……小玉さんの過ぎ去りし青春時代だなあ！」

と、隅っこで泣き上戸な一面を発揮していた。夢を追える時間は限られている……小玉のその言葉は、人生に組み込まれたタイマーの残り目もりを初めて翔悟に意識させた。あとどれほどの時間があるのかはわからないが、タイマーはすでに作動している……それだけは間違いないのだ。

すっかり真っ赤になった熊川が

「翔悟！　じゃ、そろそろいってみっか⁉」

と立ち上がると、全員が顔を見合わせてニヤリと笑った。

「どうせやったことねえんだろ、お前？」

「な……何をですか⁉」

熊川はふらつきながらテーブルを周り、翔悟の腕を引っ張ると無理やり立たせ

「行こうぜ……」

白眼が血走り、赤く濁っている。翔悟は脅えた。熊川の眼と、次に来そうな、ある言

葉の予感に。

「ソープランドに決まってんだろお！」

翔悟は掴まれた腕を振りほどこうとしたが、熊川の手は離れなかった。

「いいです！　いいです！　そういうのはいいです！」

「ホントは行きてえんだろ！　……あっ！」

力を入れ間違えた熊川はバランスを失いひっくり返った。翔悟はそれをチャンスと、土井たちへ早口にお礼を述べると「来年もよろしくお願いします！」と頭を下げ、詰め所から飛び出した。

「翔悟、休みの間もちゃんとやれよ！」「頑張って！」「うっうっ……応援してるからな！」「俺はソープ行くぞこの野郎！」

翔悟はそのまま、しばらく走った。土井たちの心づくしが嬉しくて、走り続けたい気分だった。冷たい風が火照った顔に心地いい。しかしすぐに、酒を飲んでの運動は普段の何倍も早くに息が上がることを知った。足を止めて両ひざに手をつく。

「はぁはぁはぁ……ん？」

目の前にちらちらと、白い小さなものが降ってくる。見上げると街灯が照らす黒い空から、花吹雪のように白く舞い散る雪。すれちがうカップルの女性が「きれい！」と男の腕に手を回し、香水の匂いを宙に残して通り過ぎていく。その匂いに翔悟の体はつられてなびいた。雪の中に消えていくカップルの後ろ姿。と、ゆう子の顔が頭に浮かんできた。そういえば彼女はどうしているだろう。時計を見ると十時を過ぎていた。もう絶対に閉まっている時間だと思ったが、足は勝手にゆう子の働くパン屋へと向かっていった。

「……えっ？」

パン屋には、煌々と灯りが灯っていた。ゆっくりと近づいていく。『Close』の札。後片付け？　こんな時間まで？　覗いてみる。店の中には誰もいなかった。しかしその奥の厨房に、ゆう子の後ろ姿があった。白衣を着た女性と二人。以前話に聞いた店長だろうか。女性は横向きで、何か作業をするゆう子を見守っている。反射的に、翔悟は身を隠した。二人に気付かれない位置を探し、もう一度中を覗き込む。

ゆう子の格好。白いワイシャツに長いデニムのスカート、頭には赤い頭巾。背中を向けているのではっきりとはわからないが、パン生地をいじっているようだった。二人の声は聞こえてこない。音のない映画のライブのような。女性が何か指示を出すたび、ゆう子の背中が小刻みに揺れ……止まった。何かが完成したのだろうか。女性はゆう子の手元を確認すると、嬉しそうに親指を立てた。ゆう子の顔が女性に向いた。

その瞬間、翔悟の時間が止まった。ゆう子の横顔。見たこともないゆう子だった。何が違う⁉　ゆう子の唇には、赤い口紅が塗られていた。

「……！」

ゆう子の赤い唇が動いた。女性に話しかけている。女性が何か答えると、ゆう子は強くうなずいて、再び作業に向き合っていった。

翔悟は、静かにその場をあとにした。ゆう子は、もう以前のゆう子ではなくなっていた。自立……とまではいかないのかもしれない、まだ。しかし、大人と対等になり始めていた。翔悟にはそう感じた。赤い口紅……それが何よりの証拠だと思えた。敗北感……ではない。自分だって頑張っている……はずなのだから。それは間違いないのだが……。雪は、早くもやんでしまっていた。

「今日は……いいか」

こういうときはもう少し酒を飲むものなんだろうなという考えが、いきなり翔悟に浮かんできた。こうして大人はだんだん酒を飲む回数が増えていくのだろうか。コンビニで一本だけ買って……母のために二本。全部で三本買って帰ることにした。母が飲んでいたのと同じ缶チューハイを三本レジに持っていったが、未成年とバレることは幸いなかった。

家に帰ると、居間でテレビを見ながら父が一人飲んでいた。翔悟は、母のために買ってきた缶チューハイを父にもあげてみようかと思い立った。果たしてどんな顔をするだろう。まだ残っている酔いがそうさせた。

「飲む？」

「ん……？」

チューハイを差し出された太一は翔悟の顔と交互に見比べ「なんだよ、これ？」と、そのどちらをも警戒するような顔をした。

「……へへへ！」

翔悟は、無性におかしかった。記憶にある限り、数年ぶりに交わした父との会話がこれなのだ。そして、これからは父とのいい関係が始まりそうな……テレビドラマでよく見る、そんな時期がとうとう自分にもやって来てしまったような気がして、照れ臭さもどこかにあった。太一は翔悟の顔にじっと見入ると、

「お前……酔っぱらってんなあ⁉」

なぜか、無性に嬉しそうだった。「ちょ、ちょ、そこ座れよ！」向かいの椅子に座る

よう翔悟を促すと「いつから飲むようになったんだ、えっ⁉」と、矢継ぎ早に話しかけてくる。長い時間、無意味に流れを堰き止めていた堤防が取り外されたかのような。しかし、それは無意味なようでいて実は意味があったのかもしれない。

琴絵はどこかへ出かけているようだったが、翔悟は一応小声で尋ねた。

「あのさ……タツ子さんとはどうなったの？」

太一は顔をしかめて
「ああ、オーディション受ける可能性があるからもう会うこともないのはあたしの決断だって、わけわかんねえＬＩＮＥきてそれっきりだわ……カ、カテエな、このイカ！」

イカの足を噛み切ろうとしながら心底どうでもよさそうだった。噛み切った。

「ま……なんてのか、あいつ身のほどをわかってないよな」

「身のほど？」

「自分なら何かになれるとまだ勘違いしてんだよ、なれるわけないのに」

翔悟にとって恐ろしい言葉だった。もしかすると父は、何かを目指して挫折したことがあったのだろうか。そんな質問をすると「ちょっと前にあったよ」「ちょっと前？」

少し前に、玄関先で四つん這いになる父を母が見下ろしていた深夜の光景が頭に浮かんだ。「ま、聞くも涙、語るも涙っていうか……げっ！」

いつの間にか、琴絵が居間に入ってきていた。ジャージの上下を着て、乱れた呼吸を整えている。全身が上気し、濡れた髪が汗をかいた横顔に張りついていた。

「……お、お前も飲むか？」

「はぁはぁはぁ……いらない……もう」

額の汗をタオルで拭った。

「もう？」

「そう……はぁはぁ……あと部屋で腹筋だけしてくる……はぁはぁ……」

荒い息遣いが、廊下の奥へ消えていく。琴絵を横目で見ていた太一はだらしなく背伸びをすると「やめときゃいいのにな……あーあ、寝るか」と大きなあくびをし、ちんたらと居間を出ていった。翔悟の頭の中には、いまの母の横顔と、ゆう子の横顔が浮かんでいた。共通の、あるものをたたえながら。それは……なんなのだろう。もしかすると、強さではないのか。そんな気がした。

年が明けた。翔悟の時間は加速度的に流れ始めた。秋から特訓を始め、当初は絶対に無理だと思えたスクワット五〇〇回を平気でこなせるようになっていた。一日に三十回ずつ回数を増やしていくことで、割と容易に五〇〇回を達成することができた。下半身の運動は「慣れ」と意志の力でかなり無理が利くことがわかったが、腕立て伏せは連続で四十回が限界だった。それ以上がどうしても伸びない。それでも入門テスト本番になればいつも以上の力を発揮できてしまうのでは？　そんな希望的観測も、やるべきことはやっている上でのいい意味での開き直りと捉えていた。やるべきことはやっている。もしもそれでだめなら、そのときは仕方がない。あのときタツ子が言わんとしていたのはこういうことだったのでは？　と、いまにして思う。入門テスト応募の履歴書も送った。返事はすぐに来た。テスト実施日は三月十日。ニュー日本プロレス道場にておこなわれる。時間は矢のように流れた。

入門テスト三日前。大事をとり、この日からバイトは休みにしていた。翔悟は久しぶりに後楽園ホールへ足を運んだ。テストを受けると決意して以降は毎日特訓に時間を充ててきたので、それ以来初めての観戦だった。最後にテンションを高める狙い。何かの目的を持ってプロレスを観るのは初めてだった。

チケット売場で気がついた。もしもテストに合格したら、次からは同団体の一員となっているはず。そうすると、この観戦がファンとして人生最後の可能性だってある。

そう思うと、このさいだからといちばん高い特別リングサイド席を購入した。人生最後のチケット購入かもしれない。それだけで息が荒くなるのを感じた。自分はいま、確実に何者かになろうとしている……。

席に着くと、権田の姿を見つけた。試合開始前最後のリング調整をしている。

「やりたくてもやれなかったヤツだって世の中にはいるんだ！」

なぜか突然、あのときの言葉が甦ってきた。あれはいったいどういう意味だったのだろう。入門テストに受からなかったのだろうか？　それでもああして、ずっとプロレスの世界で生きている。そんな人生を、これまでいったいどんな気持ちで生きてきたのだろうか。試合が始まった。第一試合からメインイベントまで、権田は通路の隅からずっと表情を変えずに試合を見守っていた。試合の合間合間で、黒子のようにリング調整する権田を気にしている観客は一人もいない。この日もメインに勝利した佐々原が「最強なのは俺なんだよ！」と叫ぶ姿を見上げるさいも、権田の表情は変わらないままだった。翔悟は、もしも入門テストに受からなかったとしたら、その後もプロレスを見続けることができるだろうかと考えかけたが、即座にそのイメージを叩き壊した……やる前から負けること考えるバカいるかよ！

テスト前日。昼過ぎから最後の特訓をこなし、ゆう子のパン屋にいってみた。明日テストを受けることを、やはりどうしても伝えておくべきだという気がしていた。

店では、例の店長らしき女性が一人で忙しそうに働いていた。ゆう子の姿がない。たまたま休みなのだろうか。翔悟はパンを買いがてら尋ねてみた。

「これ……あと、すみません」

「はい？」

「あの……西村さんと同級生だったんですけど、今日はお休みですかね？」

「ああ、西村さんなら辞めましたよ」

サラリと言われた。

「えっ!?」

「もう一か月くらい前かな、彼女には期待してたんですけどねぇ……やっぱりあれがよくなかったのかなあ？」

「何かあったんですか？」

無意識に強い口調になっていた。

「それがね、あたしいつか軽井沢にオーガニックのパン屋も出したいと考えてて。そのときはこの店、ゆう子ちゃんに任せるから頑張って！　って言ったら次の日、やっぱりあたしには無理です、なじめませんって。プレッシャーになっちゃったのかなあ……あ、三八〇円いただきます！」

次の人が待っていたので、翔悟は頭を下げて店を出た。あのときのゆう子の横顔を思い出すと、そんな理由で辞めてしまうだなんて信じられなかった。もしかしたら他に大きな問題でも起きているのではないだろうか。ずっと止まったままだったゆう子とのLINEを探す。随分と下の方にあった。どんなメッセージを送ればいいのかわからなかったので、いつものウサギの頭に「?」マークがついているスタンプを送り、次いでパンのスタンプを送る。これで意図が伝わるだろうか。すぐに返信がきた。タコのスタンプが。


ゆう子の後ろ姿。ベンチに腰かけている。水色のコート……くすんで見える。翔悟が黙って正面に立つと、ゆう子はゆっくりと顔を上げた。

「やっぱり……なじめないんだよね、どんなことにも」

翔悟には、ゆう子の言葉の意味がわからなかった。

「どんなことにも?」

「うん、すごくいいお店だったんだけど……」

それじゃ生きていけないじゃないか！　と、口から出かかった言葉を、すんでのところで取り替える。

「だけど……夢だったんだろ？」

ゆう子は言葉を考えている。

「そうだったのかもしれないし、そうじゃなかったのかもしれないなって。そしてね、夢を追うと……」

何かとんでもないことを言い出す予感に、翔悟は身構えた。

「窮屈になるんだってわかった」

ゆう子の言葉は矢となり、翔悟の心臓を貫いた。夢を追う者には、いいことだけが待っているものと勝手に思い込んでいた。しかし、そうではない結末だって世の中にはあったのだ。こんな身近に……翔悟の心臓を貫いた矢は、無理やり引き抜いたら間違いなく大出血する。そのままにしておくしかない。翔悟は結局、自分のことは何一つ伝えないままゆう子と別れた。話してしまうと吸い取られてしまう気がした。ゆう子に。いま、絶対に失ってはいけない何かを。入門テストは、いよいよ明日だ。

ニュー日本プロレス道場の看板がかかったプレハブが見えてきた。道場の壁に面してコカ・コーラの自動販売機があったので、ペットボトルの水を二本買う。扉の前に立ち、大きく息を吸い、ゆっくりと吐いた。これまでここで、何人の者たちがいまの自分と同じ気持ちを抱いてきたのか。彼らの想いの残滓が渦巻いているのを感じる。とうとうきたのだ。

どんなにプロレスが好きであろうとも、一ファンが立ち入ることは絶対に許されない場所。雑誌や映像でしか目にすることはできない光景。翔悟はすでに夢の世界にきていた。十人ほどいる他の受験者たちも同様のようだったが、翔悟と彼らが異なるのは、誰もが翔悟よりも相当に鍛え込んだ体をしていることだった。自分がいちばん手足が細く、体の厚みも足りていないことを、翔悟はすでに自覚していた。そして、もう一つ彼らと異なること。それは、赤いタオルを首から下げていることだった。

アントニオ沢木の大きなパネルが飾られており、その真下にリングがある。道場常設リングは中のワイヤーが伸びないようにするため、普段はロープを緩めた状態で置いてある。そのことを、翔悟は何かで読んで知っていた。なので目の前にあるロープの緩んだリングは、いまついに道場へきたことをさらに強く意識させた。

それにしても……リングがあの状態のままテストはおこなわれるのだろうか。そんなことを考えていると出入口の扉が開き、権田と三人の若手選手が姿を現した。四人で鉄の棒をロープ連結部の金具に差し込みクイクイと締め上げていく。権田の指示で、巻きすぎたところは緩め、緩いところはきつく締め、全体的な張りが均一となるよう。ものの数分で、見慣れた状態のリングに生まれ変わった。佐々原がやってきた。バインダーを手にしている。試験官を務めるのだろう。

受験者たちは支給されたゼッケンをかぶり、リングを背に立つ佐々原の前に1から11までの番号順に並んだ。翔悟のゼッケンは7だった。ラッキー7……なんてことを考えている場合ではない。

「おい、ゼッケン7」

「はい!」

「そのタオルは会長のマネか?」

厳しい口調だった。他の受験者たちの横目の視線を感じる。佐々原はかつて翔悟と二人きりで話したことなどまったく覚えていないに違いなかった。翔悟はそれを、あのころの自分といまの自分は全然別者だからなんだと、即座にそう考えることができた。

「いえ、そういうつもりではありませんが、自分の勝負タオルです!」

「プロレスごっこじゃないんだ、はずせ!」

「はい、すみませんでした！」

タオルを着替えスペースのカバンの上に置き、列に戻る。道場の隅に立って見物している若手たちに混じり、権田だけはパイプ椅子に座っていた。自分のことに気がついているのかいないのか、翔悟にはわからなかった。

「じゃまずはスクワット五〇〇回からいくぞ、気合入れていけ！」

「はい！　いち……！　に……！」

全員で号令をかけ、しゃがんでは立つの運動を繰り返す。二〇〇回を過ぎて、翔悟は後れをとり始めた。テスト本番になればいつも以上の力を発揮できる……翔悟のその考えは真逆だった。いざ道場でプロレスラーの前でおこなう運動は、緊張から逆に息が上がり、体力の消耗も普段の比ではないものだった。

「四三五……四三六……！」

「おらゼッケン7、もう帰るか!?」

「や……やります！」

翔悟は一番遅れながらも、なんとか五〇〇回やりきった。足元に滴った汗の雫が、くっつき合って水溜まりを作っている。

「よし、少し休んだら次は腕立て！」

「はい！」

全員の気合に満ちた返事。翔悟の両足は激しく震えていた。時々膝が折れ曲がりそうになりながら、カバンまで戻りタオルを手にする。権田はどこを見ているのかわからない眼で、じっと椅子に座っていた。あの眼はいったいどこを見ているのだろう。翔悟は赤いタオルで顔を拭き、体を拭った。すると、権田が翔悟を見た。

じっ……と見つめてくる。その視線は翔悟に対してというよりも、赤いタオルを追っているような気がした。まさか、このタオルを思い出して……翔悟は体を拭うのをやめ、タオルの端を両手に持ち、さりげなく広げてみせた。すると……あっ！　という顔で権田は立ち上がった。

「権……！」

翔悟は権田の名前を叫びそうになったが、すぐに途切れた。背を向けた権田は道場から出ていってしまった。

「なんだ……」

翔悟はしばらく身動きできなかった。しかしまだ、救いのある何かが起きるような……起きてほしかった。すると、権田が戻ってきた。何かを手に持っている。コカ・コーラのボトルだった。赤いタオルを見てコカ・コーラが頭に浮かび、外の販売機へ買いにいっただけだったのだと翔悟の中で結論付けられると、力が抜けておかしさが込み上げてきた。権田は椅子に座りあらぬ方に顔を向け、うまそうにコーラを飲んでいる。

「なんだよ、もう！」

笑いながらそう口にした瞬間、何か自分の中で異変が起きたような気がした。それは、大切な何かがごっそりと抜け落ちた感覚。なんだ、これは？　そのとき、

「始めるぞ！」

「はい！」

佐々原の声に、受験生全員が即座に反応した。しかし、翔悟の返事だけは若干遅れた。気が抜けたのだろうか。タオルを持っていない方の手で胸を叩き手を叩き気合を入れ直してみる。しかし、さっきのように魂の底から込み上げてくる何かがない。まるで、もう終わってしまったかのような……終わった……まだテストは続いているではないか。ではいったい……権田があらぬ方を見て大きなゲップをした。

「……あっ！」

ごっそりと抜け落ちた大切な何か……それが何なのか、翔悟にはわかった。それは……入門テストを受けた理由。プロレスラーにはなりたかったかもしれない。しかしそれ以上に、それ以上に……

権田に会いたかった

それだったのだ。心の奥底の本当の願いは。遠い少年の日。たった一夜を共にしただけだったけれども。これまでの日々をかけ、権田に会いたい一心で、そのためにここまできた。そう気がついた。だとしたら、すでに願いは叶ってしまった。しかし、しかし！　翔悟にはそのときわかった。何者でもない人間は、会いたい人に会うことすらできないのだと。だから、何者かになるしかないのだと。やはり自分はまだ、権田には会えていないのだ。すぐそこに権田はいる。しかし、まだ会えていないのだ。この入門テストに打ち勝って、何者かにならない限り会えないのだ。闘って、勝つしかない。そうでなければ権田には会えない。会う資格すらない。たとえ、たとえ負けるとわかっていても……負ける？　いま自分は負けるかもしれないなどとバカなことを考えたのか？

翔悟はタオルをそっとカバンの上に戻した。白く大きな『闘魂』の文字が見えるように。そして、小さく、しかし力強くつぶやいた。

「やる前から負けること考えるバカいるかよ」

両手で頬を叩き、気合を入れ直し列に戻る。自ら挑んだ初めての闘いへ。何者かになるための。

最終話
夢の
結末

エピローグ

八王子の街を二分するように流れる一級河川、浅川。

その川べりの土手に、翔悟は座っていた。昔を思い出している。そういえばいつかも誰かとここでこうして……そうだ、父と不倫していたあの人の名前は……タツ子さんだ。いまはどうしているのだろう。あれから十六年もの歳月が流れた。父はいまでも電器店で経理部長として働いているし、母はジムを畳んで以降は女性専門パーソナルトレーナーを続けながら自宅でステンドグラス教室を細々と開き、いまも月に一度は後楽園ホールで女子プロレスを観戦しているようである。

翔悟の隣に、老人が座っている。昨年、仕事を失った老人に就職先を紹介して以降、身寄りのない老人を翔悟は私生活でもサポートしている。しかし老人とはいっても、実年齢的にはまだそこまで達してはいない。それでも、見た目は老人。翔悟は、老人に話しかける。ここ最近、老人は自分にとってどうでもいいことには返事をしないことが多いので、今回もきっとそうだろうなと予測しながら。

「権田さん、だいぶ暖かくなりましたね」

案の定、返事はない。いつものことだ。翔悟は背伸びをしたまま、春の陽射しをしっかり蓄えた土手の草に寝転がった。背中がポカポカと心地よい。そういえば十六年前のあの夜、タツ子も同じようにして土手に寝転がったはず。何者かになれたのだろうか、あの人は。いや、そもそも自分は……もう一度、権田に話しかける。

「だけど結局、何者にもなれないまま終わっちゃうんですかね？」

いったい誰の話だろうか。権田が反応した。「いや……」とだけ口にしたが、その後の言葉は続かない。それでもしばらく待てば何か言い出すはずだ、こういうときは。その通りだった。

「いや……何者かでなくても、何者かになろうとしたんだからいいんじゃねえのか？」

「それは僕と……権田さんのことですか？」

返事はなかった。川の流れが昔に比べ、随分とゆるやかになったような気がする。もう一度、権田が喋り始めた。

「だけどよ……プロレスがあったから……俺もおめえも、よかったじゃねえか」

翔悟は上半身を起こし、権田を見る。横顔。黒い染みがたくさん浮き上がっている。やはり見た目は、もはや完全に老人だった。午後一時を告げる鐘の音が、どこかの会社から風に乗って聞こえてくる。そろそろ戻らねば。

「権田さん、仕事しますか」

「おお……」

二人は立ち上がり、歩き出した。翔悟はもう少しだけ昔の話をしていたかったのだが、それは夜でもかまわない。

「権田さん、今夜一杯行きません?」

「よしきた!」

青い空。その下に広がる川べりの小道を、かつての少年とかつてのリング屋は歩いていった。引っ越し屋の作業着を着て。

TAJIRI《タジリ》

第12代九州プロレス選手権王者。EMLL（メキシコ）、ECW（アメリカ）などで活躍したのち、世界最大のプロレス団体・WWEに入団。長きにわたり“日本人メジャーリーガー”として活躍した。各国のプロモーターからのオファーは引きも切らず。海外の旅の模様を準・実況式に綴った『プロレス深夜特急』シリーズが人気を集めており、徳間書店から発売された『戦争とプロレス』も好評を得ている多才な“文豪レスラー”。

少年《しょうねん》とリング屋《や》

2023年3月16日　初版第1刷発行

著　者　TAJIRI《タジリ》

発行人　永田和泉

発行所　株式会社イースト・プレス
〒101-0051 東京都千代田区神田神保町2-4-7久月神田ビル
Tel.03-5213-4700 Fax.03-5213-4701
https://www.eastpress.co.jp

校　正　荒井 藍

印刷所　中央精版印刷株式会社

ISBN978-4-7816-2184-5